슬픔은 원샷,
매일이 맑음

시각장애인 유튜버
원샷한솔의
유쾌한 반전 라이프

김한솔 지음

위즈덤하우스

슬픔에 빠져 있던 시절엔

누구라도 내게

말을 걸어주길 기다렸다.

누군가 나의 슬픔을 먼저
알아봐준다면,

누가 그 문을 살짝만 열어준다면

반갑게 나가서 이야기할 텐데.

그런 내게 어느 날 문득 말을 걸어온 건

어둠.

긴긴 어둠의

터널을 지나

빛으로 한 걸음,

한 걸음 걸어 나오며

나는 알았다.

그 시간이

내게 가르쳐준 것들이

무엇인지,

우리에게 주어진

당연하지 않은 선물이 얼마나 많은지.

이 책은

그 긴 이야기의 시작이다.

이젠 내 삶에
어떤 일이 닥쳐도 좋다.

내일 무슨 일이 일어날지 알 수 없다는 사실이
두렵기보다 오히려 기대된다.

또 어떤 나쁜 일이 일어난다 해도

엔딩은 내가 바꿀 거니까.

시각장애인 한솔이 아닌
'한솔' 그 자체로 불리기를

한국에서 비장애인으로 살면서 장애인과 친구 하기란 쉽지가 않습니다. 일상에서, 일터에서 장애인을 만나는 것부터가 매우 드문 일이니까요. 대학 선후배로 만난 한솔은 저의 첫 장애인 친구였습니다. 성인이 되어서야 처음으로 장애인을 친구로 만난 거죠.

처음 그와 함께 밥을 먹기로 했을 때, 이런저런 생각들로 마음이 복잡해졌습니다. 행여 상처 주는 실수를 하게 되지 않을까, 나도 모르게 개념 없는 행동을 하면 어쩌지, 하는 걱정들이 앞섰거든요. 인터넷에 '시각장애인 에티

킷', '시각장애인 만날 때 주의할 점' 등등을 열심히 검색
했지만 정보가 턱없이 부족했고, 사회복지를 전공하는 친
구에게 물어봐도 속 시원한 답은 들을 수 없었습니다. 친
구는 당사자에게 직접 물어보라고 하더군요. 지금 생각해
보면 사람마다 성격도, 장애의 정도도 다 다르니 직접 겪
으며 알아가는 게 가장 확실하긴 합니다.

　일단 제가 아는 한도 내에서만이라도 착실히 준비하기
로 했습니다. 반찬이 많으면 불편할 것 같아 한 그릇으로
조리되어 나오는 식당을 골라두고, 만나기 전에 미리 답사
도 다녀왔죠. 그리고 어떤 복지관 게시판에서 읽은 안내법
대로 만나자마자 팔꿈치를 내밀었습니다. 그가 저에게 '이
건 어디서 배웠냐' 묻더군요. 잔뜩 긴장하고 준비한 저를
보며 한솔은 신기해했지만 마냥 편하게만 대하지는 않았
어요. 서로가 그랬던 것 같아요.

　왜 장애인이 되었는지, 얼마큼 보이는지, 어떻게 도와야
하는지, 학교에서 뭐가 힘들고 난감했는지 등등, 한솔은
자기 이야기를 잘 털어놓는 사람이었습니다. 당시 한솔은
부푼 꿈을 안고 들어간 대학에서 한 학기를 마치곤 너무

지쳐 휴학한 상황이었죠. 그 문제를 함께 해결해주고 싶었습니다. 우선 캠퍼스 길 외우기부터 수강 신청, 시험까지 돕겠다고 나섰죠. 꾸준히 그에게 다가갔지만, 한솔과 친해지기까지는 시간이 꽤 걸렸어요.

그의 대학 생활은 어려운 퀘스트의 연속이었습니다. 비장애인에게는 주어지지 않는 문제들 때문에 그는 매일같이 머리를 굴려야 했습니다. 당장 다음 주가 시험인데 교재가 없다든지, 수강 신청을 했는데 교수님이 다른 수업을 권한다든지 하는 뜻밖의 문제 상황 앞에서 늘 바쁘게 대책을 세워야 했거든요. 도와주겠다고 뛰어들었다가 며칠 만에 연락이 두절되는 사람들, 학교에서 배정해주는 지원인력조차 예고 없이 사라지는 일이 허다했습니다. 누군가를 온전히 믿고 있다가는 불시에 곤란한 상황에 처할 수 있기에, 한솔은 기본적으로 모든 일을 혼자 힘으로 해결하고 감당하려 했어요. '친구'와 '친절을 베풀려는 사람'을 구분하기는 어렵죠. 아마도 한솔은 시간을 두고 절 지켜봤던 것 같습니다.

저는 기본적으로 나와 다른 사람과 친구가 되는 것을

좋아합니다. 그 사람의 삶을 통해 내가 경험해보지 못한 새로운 세상이 열리니까요. 그리고 지금까지 저에게 가장 놀랍고 새로운 세상을 보여준 사람이 바로 한솔입니다. 한솔과 저는 같은 학교에서 만났지만, 우리는 다른 세계에 살고 있었어요. 저는 학교에 강의실 이름이 쓰여 있지 않아 길을 잃어본 적이 없습니다. 본인 수업은 듣기 힘들 거라며 고개를 내젓는 교수님을 설득한 적도, 위험해서 축제를 관람할 수 없다는 얘기를 들은 적도 없었죠. 반쯤 열려 있는 문에 부딪혀 병원에 가고, '어디가 아프냐'는 기본적인 질문을 내가 아닌 보호자에게 건네는 의사를 대한 적도 없었습니다.

한솔은 그 모든 때에 감정을 풍부하게 느낍니다. 티를 팍팍 내죠. 무례한 사람에게 불쾌함을, 좋아하는 사람에게 호감을, 지루한 시간에 피곤함을 있는 그대로 표현합니다. 제가 느끼기엔 과하게 깜짝 놀라고, 격분하고, 별것도 아닌 일에 낄낄대면서 말이에요. 그 모든 행위를 충실히 합니다. 감정을 들키지 않아야 한다고 배웠던 전 젠틀함과는 거리가 먼 그의 태도에 많이 당황하곤 했죠.

그런 제게 한솔은 종종 말했습니다.

"왜 그렇게 사람들을 의식해? 그럴 거면 너도 눈 감아!"

자신의 감정에 오롯이 집중하며 누구보다 풍성하게 살아가는 그를 보면서 '저렇게 살아도 되는구나' 하는 해방감을 느끼곤 했습니다.

제가 느끼기에 한솔은 쉽지 않은 인생을 살았습니다. 그는 이별과 상실을 겪으면서 그 안에서 자기가 원하는 것을 더욱 견고하게 하는 힘을 길렀죠. 그래서 그는 더 충만하게 하루를 채워갑니다. 시각장애라는 것은 그의 인생에 일어나고 부여된 하나의 특징이라고 생각해요. 그의 인생 이야기를 듣고, 그 여정을 함께할 수 있다는 것만으로 저는 감사합니다. 그가 조명을 받게 된 것은 '장애'라는 정체성으로 인함이지만, 한솔의 인생이 날것 그대로 담긴 이 책을 통해 그가 얼마나 입체적인 사람인지 많은 사람이 알게 된다면 좋겠습니다. 그의 더 다양한 면모가 드러나면서 한솔이 한솔 그 자체로 독자 여러분께 다가가길 바랍니다.

삶은 예상치 못한 방향으로 흘러가고, 때로 감당할 수 없을 만큼 큰 사건이 일어나기도 하죠. 그 사건들 속에서 한솔이 어떤 고민과 선택으로 일상을 살아냈는지를 보며 위로와 용기를 얻으셨으면 합니다. 또 한솔과 친구가 되며 제가 그랬듯, 이 책을 통해 독자분들도 몰랐던 세상에 눈을 뜨게 되기를 기대해봅니다. 점자와 음성과 안내견, 경사로와 계단이 보이고, '모두를 위한' 감각이 생겨날 거예요.

김소희, 「원샷한솔」 前 PD이자 김한솔의 오랜 벗

어쩔 수 없는
어둠이 찾아왔다면

유년 시절 제가 살던 집은 행복한 가정의 형태와는 거리가 멀었습니다. 어린 나이에 감당하기 힘든 변화들을 줄곧 겪으며 자주 생각했습니다.

'왜 난 행복할 수가 없는 걸까.'

열여덟에 갑자기 찾아온 실명은 그런 저를 또 한 번 어둠 속으로 밀어 넣었죠. 마치 세상이 제게 행복하면 안 된다고 말하는 것만 같았습니다. 아무도 만나지 않고 한동안 절망 속에 숨어 있었지만, 지금 생각해보면 그 순간조차 마음 한구석엔 행복하고 싶다는 갈망이 있었던 것 같아요.

모든 게 끝났다고 생각했던 그때, 주변 사람들이 내밀어

주는 손을 잡고 일어나기 시작하면서 제 삶에 새로운 가능성이 보이기 시작했습니다. 변화에 마음을 열자 그 전엔 생각지도 못한 일들이 펼쳐졌고, 어느새 전 내게 주어진 현실을 즐기는 단계에 이르렀습니다.

'시각장애인의 삶도 꽤나 재밌는데? 할 수 있는 게 생각보다 많잖아.'

미래에 대한 저의 관점이 두려움에서 기대감으로 변한 순간이었죠.

시각장애인이 되고도 저는 계속해서 남들과는 다른 삶을 선택했어요. 안정보다는 제 마음이 이끌리는 곳을 바라보았던 것 같아요. 그중 하나가 유튜브였습니다. 사람들이 내비친 염려대로 시각장애인인 제가 유튜브 채널을 운영하는 건 쉬운 일이 아니었습니다. 일단 카메라를 바라보는 것부터가 힘들고, 앞이 보이지 않는 제가 시각매체를 만든다는 것 자체에 여러 제약이 따랐습니다. 그렇지만 어려움보다 훨씬 큰 기쁨이 있었기에 여기까지 올 수 있었던 것 같아요. 저의 예상을 뛰어넘는 구독자분들의 뜨거운 반응과, 그 반응 속에 탄생한 점자 컵라면은 이 일을 시작할 땐 감히 상상도 못 했던 값진 선물이었습니다. 저의 이야기에 함께 울고 웃으며 공감해주는 사람들의 이야기를 들을 때마다 이루 말할 수 없는 감사함을 느낍니다.

그중 가장 기억에 남는 이야기가 있습니다. 젊은 부부가 보내주신 편지였어요. 막 태어난 아이가 시각장애 판정을 받아 심적으로 몹시 힘든 시간을 보내고 있던 이들 부부는, 유튜브 영상 속에서 환하게 웃고 있는 저를 보며 아이를 잘 키울 수 있을 것 같다는 자신감이 생겼다며 감사하다고 말씀해주셨습니다. 유튜브를 시작하고 가장 가슴이 벅찬 순간이었어요. 내 이야기가 누군가에게 위로가 될 수도, 즐거움과 힘이 될 수도 있다는 사실은 '더 많은 사람과 더 많은 이야기를 깊게 나누고 싶다'는 용기로 이어졌습니다. 실명 후에 제가 어떻게 살아왔는지, 많은 변화 속에서 제 감정과 생각이 어떻게 변화해왔는지, 영상에서 다 하지 못한 이야기를 책으로 진솔하게 나누고 싶어졌습니다.

제 삶에 수많은 난관이 있었듯, 누구에게나 각자의 고난과 슬픔이 있을 거라 생각합니다. 설사 그게 다른 사람들은 사소하게 취급하는 아픔일지라도 그 아픔의 무게는 자기 자신이 가장 잘 알 테죠. 남과 비교하며 '이 정도 아픔은 별거 아냐'라고 외면하며 자신의 감정과 상태를 외면할 필요는 없다고 생각해요. 또 어둠이 찾아왔을 때 그 어둠을 빨리 빠져나가려고 하지 않아도 괜찮다는 말씀을 드리고 싶어요. 다만 그 어둠 속에서 각자가 생각하는 행복을 꿈꾸는 것만큼은 멈추지 말았으면 합니다. 앞으로 나아가면서 빛이 찾아왔을 때 그 예상 못 한 상황을 즐길 수 있는 마음 하나만 준비하고 있으면 그걸로 충분하지 않을까요?

앞으로 제 삶에 또 어떤 일이 일어날지 알 수 없지만, 기대감을 갖고 행복을 향해 또 한 걸음 나아가보려고 합니다. 이 책을 읽는 독자 여러분의 생각과 감정은 저마다 다르겠지만, 그 모양이 어떻든 뜻밖의 행복의 씨앗이 마음에 새겨지길 바랍니다. 그리고 우리 함께, 각자가 생각하는 행복의 방향으로 나아가길 소망합니다.

2022년 여름

김한솔

1

어느 날 갑자기
시각장애인이 되었다

2

빛으로
한 걸음씩

3

보이지 않던
세계에 눈뜨다

1

어느 날 갑자기
시각장애인이 되었다

어둠은
소리 없이 온다

가끔 생각한다. 내가 여전히 꿈을 꾸고 있는 게 아닐까. 2009년의 나는 상상도 하지 못한 일, 지금의 나조차 이따금 꿈처럼 느껴지는 아득한 기억. 지금으로부터 12년 전, 내 삶을 통째로 바꾼 변화의 바람이 들이닥쳤다.

☼

하고 싶은 일도 궁금한 것도 많던 열여덟 살, 나는 뭔가에 호기심이 생기면 직접 부딪히고 깨달아야 직성이 풀리는 아이였다. 하나하나 경험하고 배워가며 하루빨리 어른이 되길 바랐다. 정확히 말하면 평범하지 않은 환경 속에 살아오며 평범한 삶을 꿈꾸는 학생이었다. 인생의 큰 사건은 소리 없이 찾아온다고 했던가. 당시 내가 상상한 자유의 나이, 스무 살이 되기 채 2년도 남지 않았을 때 그 사건은 일어났다.

도전욕과 호기심이 유난히 왕성한 것을 제외하면 그때 나는 여느 또래와 다를 바 없는 평범한 나날을 보내고 있었다. 당시엔 1교시 전부터 보충수업이 있어 8시부터 수업을 시작했는데 학교는 집에서 한 시간쯤 걸리는 먼 거리였기에 거의 새벽에 가까운 아침부터 집을 나서야 했다. 누가 "아침밥 먹을래, 좀 더 잘래?" 묻는다면 무조건 잠을 선택할 정도로 잠을 좋아하고, 일일 필수 수면 시간은 최소 여덟 시간이라 믿었던 나에게 당시 수면 시간은 부족해도 너무 부족했다. 그렇게 고등학교 2학년 새 학기가 시작되고 반복되는 날들 속에서, 어느 날 이상한 경험을 하게 되었다.

여느 때처럼 아침 일찍부터 집을 나선 날. 학교를 마치고 집으로 돌아오는 버스 안에서 잠깐 선잠에 들었다. 잠을 잤다기보다는 피로한 두 눈을 감은 채로 두 귀는 내릴

역을 놓치지 않기 위해 버스 안내 음성에 집중하고 있었다. 집에 도착하기 몇 정거장 전, 살며시 눈을 떴다.

그 순간의 기억은 아직도 생생하다. 비몽사몽간에 오른쪽 눈을 천천히 뜨는데, 세상이 보이지 않았다. 눈을 감았을 때 안 보이는 수준의 어두움이 아니었다. 세상이 회색에 가깝게 보이면서, 마치 내 앞을 이상한 막이 가로막고 있어 빛 말고는 아무것도 구분되지 않는 듯한 상태였다. 순간이었지만 너무 깜짝 놀라 정신이 번쩍 깼다. 남은 왼쪽 눈을 황급히 뜨자 다시 세상이 선명하게 보였다. 꿈을 꾼 걸까? 잠들지 않았다고 생각했는데 나도 모르게 잠이 들었나? 짧은 시간 동안 온갖 생각이 머릿속을 스쳤다. 곧바로 다시 왼쪽 눈을 살며시 감아보았다. 나의 생각들은 헛된 기대였다는 듯 눈앞은 다시 회색으로 바뀌고 아주 약한 빛 외엔 어떤 것도 보이지 않았다. 왼쪽 눈을 다시 뜨니 세상은 또 선명했다.

'이게 대체 무슨 일이지…….' 요즘 부쩍 피곤했던 것 같은데 잠을 못 자서 이런 증상이 나타난 건가?'

나는 최대한 긍정적으로 생각했고, 그 결과 '수면 부족으로 인한 증상'이라는 자체적인 판단을 내렸다. '실명'이

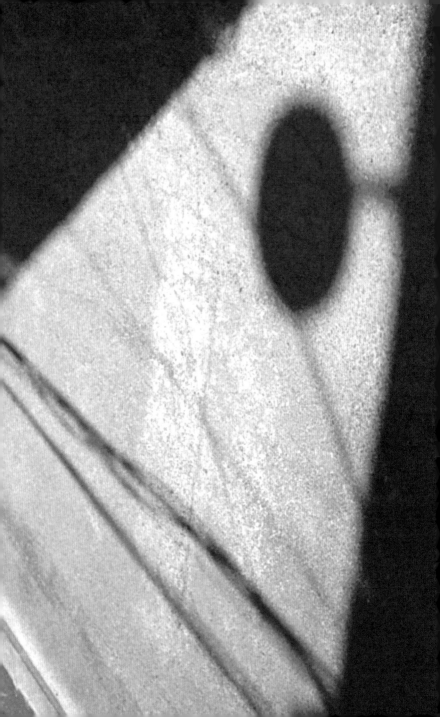

란 단어는 살면서 단 한 번도 생각해본 적 없던 나로서는 당시의 불안감을 떨쳐내는 일이 제일 중요했던 것 같다.

그 뒤로 일주일간 틈날 때마다 자고 자고 또 잤다. 지금 생각해보면 얼른 안과를 갔어야 했다 싶지만, 중학교 때까지 다른 사람 두 명 시력을 합친 것보다 시력이 좋고 그 흔한 안구 질환 한 번 안 겪은 내게 안과는 너무도 먼 곳이었다. 매일같이 잠을 자고 오른쪽 눈을 확인했지만 일주일이 지나도 증상은 개선되지 않았다. 더는 혼자 고민할 일이 아니다 싶어 가족에게 증상을 알리고 동네 안과에 검진을 받으러 갔다.

안과에 도착하고 마음이 한결 가벼워졌던 기억이 난다. 이제 병원에 왔으니 의사선생님께서 한 번에 내 증상을 알아보고 해결해주시겠지, 생각했던 것 같다.

시력 검사는 안경을 쓴 채로 진행됐다. 결과는 왼쪽 눈 0.8~0.9, 오른쪽 눈 측정 불가. 잘 안 보인다는 걸 이미 알고 있었음에도 막상 '측정 불가'란 네 글자를 마주하자 기분이 이상했다. 진료 후 상담을 받으며 기분은 더 이상해졌다. 의사선생님은 아직 확실한 건 알 수 없고 이 정도면 지금 당장 큰 병원에 가서 검진을 받아보는 게 좋을 것 같다며 소견서를 써주었다. 보통 일이 아니구나. 동네 병원도 갈 일이 없을 정도로 건강했던 나로서는 믿을 수 없을 정도로 당황스러웠다.

소식을 집에 전하고 우리 가족은 곧장 큰 대학병원으로 향했다. 걱정스러운 마음을 안고 태어나서 처음 해보는 여러 검사를 받기 시작했다. 시신경 검사부터 심전도 검사와 MRI 등 눈에 영향을 줄 수 있는 모든 곳을 검사했다.

결과를 듣는 시간. 긴장된 마음에 침을 꿀꺽 삼키는데 의사선생님이 건넨 한마디는 우리 가족 모두를 눈물짓게 만들었다. 감사히도 그것은 안도와 기쁨의 눈물이었다. 검사 결과는 '시신경염'으로, 3~4일 정도 입원해서 염증을 가라앉히는 스테로이드제를 맞으면 괜찮아질 거라고 했다. 입원 자체도 낯선 일이었지만, 내가 상상한 최악의 상황이 아니란 것만으로 충분히 받아들일 만했다.

병원에서 치료를 받고 퇴원하는 날까지 매일 시력을 체크했지만 증상은 나아지지 않았다. 의사선생님은 천천히 회복될 테니 걱정하지 말고 일상생활 잘하면서 한두 달에

한 번씩 정기검진을 받으러 오라고 했다. 아무렇지 않은 듯 건네는 말에 안도했고, 편안히 지내다 보면 선생님 말대로 괜찮아질 거라 믿었다.

☼

3개월 후. 무더운 여름날 학원에서 또 한 번 당혹스러운 순간이 찾아왔다.

여느 날과 같이 보고 싶지 않은『수학의 정석』을 펼쳐놓고 수업이 언제 끝날까 생각하며 책을 바라보고 있었다. 그 순간, 선명했던 검은색 글자들이 스르륵 사라지듯 초점이 흐려졌다. 동시에 날아든 학원 선생님의 말은 나를 더 당황시켰다. 한쪽 눈이 안 좋아지면 나머지 눈도 나빠질 수 있으니 관리를 잘하라는 당부였다. 기가 막힌 타이밍에 나온 선생님의 말과 흐릿하게 보이는 글자는 나의 불안을 증폭시키기 충분했다.

곧바로 찾아간 건 병원이 아닌 안경점이었다. 바로 직전 병원 정기검진을 다녀온 참이었고, 어쩌면 안경 도수가 맞지 않아 그런 걸지도 모른다고 생각했다. 안경을 새로

맞추고자 시력 검사를 했고 결과는 충격적이었다. 오른쪽 눈은 여전히 측정 불가 상태였고 남은 왼쪽 눈마저 교정시력이 0.2 정도밖에 나오지 않은 것이다.

다시 찾아간 병원에서 담당 선생님께 지금까지의 상황을 말씀드리며, 혹시 남은 왼쪽 눈도 보이지 않을 가능성이 있는지 조심스레 물었다. 그에 대한 대답은 돌아오지 않았고 나는 다시 검사를 받으며 다른 층에 있는 새로운 의사선생님을 만났다. 새로운 선생님에게 처음 버스에서 겪은 증상부터 최근 증상까지 빠짐없이 읊었다. 내 이야기를 모두 들은 선생님은 잠깐 고민하는 듯하더니, '아직 확신할 순 없지만 증상과 나이를 고려했을 때 내가 생각하는 병인 것 같다'며 피 검사를 통해 정확히 확인해보자고 말씀하셨다.

검사 결과가 나오는 일주일 뒤 다시 병원을 방문했다. 어느 정도 마음의 준비를 했지만 선생님의 말은 너무나 비현실적이었다. 나는 '레베르 시신경병증'이란 희귀병에 걸렸으며, 이 병은 남자의 경우 10대 후반에서 20대 사이에 주로 발병하는 것으로 한쪽 눈이 먼저 안 보이게 되고 몇 달 후 남은 한쪽 눈도 시력을 잃는 병이라고 했다.

나를 포함해 열세 살 때부터 부모님 대신 나를 키워주신 큰엄마와 큰아빠 모두 듣고도 그 이야기를 믿지 못했다. 예전만큼 아주 선명하진 않더라도 여전히 세상은 잘 보였고 생활하는 데에도 큰 지장은 없었다.

'이건 드라마에서나 보던 장면인데. 이게 정말 현실이라고?'

선생님은 복지카드를 신청하고 시각장애인의 삶을 준비하라고 하셨지만 그런 말들은 조금도 귀에 들어오지 않았다.

그날부터 눈에 좋다는 음식들은 전부 찾아 먹었다. 먹기 싫어도 코를 잡고서라도 먹었다. 노력하면 무언가 변할 것이라 생각하며 다시 평범한 일상을 살고자 학교도 열심히 다녔다. 하지만 그 후로도 시력은 일주일, 일주일이 다르다고 느낄 정도로 급격히 떨어졌다. 혼자 오가던 등하굣길도 친구가 없으면 다니기 어려워졌고, 익숙한 길을 걷다 어딘가에 부딪히는 상황이 늘었다. 급기야는 멀리서 보던 달력의 숫자가 한두 달 지나서는 코를 붙이고 봐도 보이지 않는 지경이 되었다. 더 이상 학교나 학원에서 칠판의 글자를 제대로 읽을 수도, 핸드폰 글자도 볼 수 없게 되고서야 이건 드라마가 아닌 현실임을 직시했다.

이제 곧 어른이 될 거라고, 지금보다 하고 싶은 것을 더 많이 할 거라고 기대하며 나는 열여덟 살을 맞이했다. '내년이면 나도 주민등록증이라는 신분증이 생기는구나'라는 설렘으로 가득 차 있었다.

삶은 내가 예상한 대로 흐르지 않았다. 인생 속 한 번도 상상하지 않았던 변수와 함께 내 삶은 변화를 맞이하기 시작했다.

그해 11월, 나는 더는 혼자 학교를 다니기 어려운 상황임을 받아들이고, 다니던 고등학교를 자퇴하고 병원으로 가서 그 전에 신청해둔 복지카드를 받았다. 몇 년이 흘러 복지카드 뒤에 적힌 '장애등록일'을 확인하고 안 사실인데, 그날은 공교롭게도 나의 열여덟 번째 생일이었다. 빨리 신분증을 받고 싶은데 친구들보다 생일이 느려 '내가 제일 늦게 받겠구나' 아쉬워했더니 되레 친구들보다 1년 먼저 신분증이 생긴 셈이었다.

열여덟 번째 생일, 나는 새롭게 태어났다.

'시각장애인'이라는 이름으로.

오로지 슬픔에 빠져 있던 그때에도 나는 여전히 앞으로 내 인생에 어떤 일들이 일어날지 전혀 알지 못했다.

절대로 차별하지 않는
어른이 될 거야

18년간 봐오던 세상이 보이지 않는다는 건 도무지 적응하기 힘든 일이었다. 눈이 안 보이는 상태에서 평생을 다녀오던 학교까지 가지 않으니 할 수 있는 일이 아무것도 없었다. 정확히는 뭔가를 할 수 있을 거란 생각 자체가 불가능한 상태였다. 하루아침에 시각장애인이 되었지만 나는 정말 시각장애에 대해 아는 것이라곤 하나도 없었다.

18년 인생에서 내가 시각장애를 접한 건 우연히 TV 채널을 돌리다 스치듯이 몇 번 본 게 다였다. 아무런 준비도 없이 덜컥 시각장애인이 되었을 땐 마치 가진 것 하나 없이 혼자서 무인도에 떨어진 기분이었다. 그곳에서 혼자 버텨야 할 시간들, 외로움, 어떻게 해야 할지 모르는 당혹스러움이 매일의 나를 지배했다.

☼

　무기력한 하루하루가 계속되던 어느 날, 마음이 너무 답답해서 바람이라도 쐬려고 밖을 나섰다. 혼자서 집 앞 놀이터를 향한 나는 1분 정도의 거리를 지나는 동안 이리저리 부딪혔고 급기야는 방향 감각을 완전히 잃었다. 수년간 다니던 아파트 단지에서 길을 잃어버린 것이다. 다행히 당시 핸드폰은 버튼 식이었기에 혼자서도 전화를 거는 것이 가능했고, 나는 큰엄마에게 '여기가 어딘지 모르겠으나 길을 잃은 것 같다'며 찾아줄 것을 부탁했다. 독립심이 강했던 나에게 그 일은 인정하기 힘들 정도로 자존심 상하는 일이었다. 몇 년을 수천, 수만 번 오간 길이니 눈감고도 다니겠거니 했는데 내가 마주한 현실은 달랐다. 가족의 도움으로 다시 집으로 돌아왔지만, 괜히 나가서 걱정만 끼쳤구나 하는 생각에 마음이 편치 않았다.

　그 일이 일어난 뒤로 집 앞을 나가는 일조차 나에겐 두려움의 영역이 되어버렸다.

'다시 길을 잃어서 폐를 끼치면 어떡해.'

사소한 일 하나라도 누군가에게 '나로 인해 힘들다'란 말을 듣는 걸 가장 싫어했던 나는 그냥 집에 있기를 선택했다. 그것이 현재 상황에서 모두가 편할 수 있는 방법이라고 생각했다. 대부분의 날을 집에 가만히 누워 음악을 듣고 생각하기만을 반복하며 보냈다. 그 시절이 내 인생에서 가장 많은 생각을 한 시기였던 것 같다. 외출도 못 하고 혼자서 놀 수 있는 것도 없이 줄곧 누워만 지내던 나에게 하루하루는 참을 수 없이 길었다. 요동치는 어둠의 감정 속에서 나의 낙이라곤 저녁 시간 라디오를 듣는 것뿐이었다. 라디오 디제이의 목소리와 사연에 집중하다 보면 이야기에 빠져들었고 그 순간만큼은 안 좋은 생각에서 벗어날 수 있었다. 하지만 라디오가 끝난 후 찾아오는 정적은 금세 나를 공허하게 만들었고, 나는 다시 혼자만의 생각 속으로 빠져들었다. 그럴 때면 늘 내 삶에서 가장 힘들었던 기억들이 떠올랐다.

'나는 대체 어떤 사람일까.'

답이 없는 질문들만 머릿속을 끝도 없이 맴돌았다.

＊

어릴 적부터 나는 차별을 싫어했다. 누군가의 어려움을 먼저 알아주려는 오지랖 넓은 사람이기도 했고, 나에게 도움을 준 사람들을 행복하게 해주고 싶었다. 그리고 스스로 반드시 행복해질 수 있을 거란 확신에 차 있었다. 시각장애인이 되고 나를 힘들게 했던 것 중 하나는 '또 남들과 다르게 차별 속에서 살겠구나' 하는 생각이었다.

초등학교 시절 내겐 세 명의 어머니가 계셨다. 아홉 살 때까지 함께 지낸 첫 번째 어머니, 열한 살에 만난 두 번째 어머니, 열두 살에 만난 세 번째 어머니. '차별'이란 단어를 싫어하게 된 건 이때부터였던 것 같다. 처음 아버지와 어머니가 이혼했을 때부터 사회 속에서 은근한 차별을 경험했다. 남들과 다른 형태의 가정 구조라는 이유만으로 친구들부터 어른들까지 나를 이상한 시선으로 바라보는 것이 느껴졌다.

한번은 학교에서 친구와 서로 가위를 먼저 쓰겠다고 장난치다 친구의 손이 살짝 베인 적이 있다. 곧장 친구에게 괜찮은지 물어보고 미안하다고 사과했는데 선생님은 나를 혼내며 '내 가정환경이 불우해서 친구를 다치게 했다'는 식으로 말했다. 지금 생각해보면 의아할 정도로 억지스러운 반응이었다. 서로 장난치다 사고가 일어났을 뿐인데 그게 가정환경과 무슨 상관이란 말인가. 하지만 어린 시절의 나는 약간 억울한 마음이 드는 것과 동시에 '나한테 뭔가 문제가 있구나'라고 받아들였다.

두 번째, 세 번째 어머니들과의 사이에서는 어머니 쪽 자녀들과의 차별을 많이 겪었다. 한 새어머니는 "얘는 공부를 이렇게 잘하는데 넌 왜 그렇게 못하냐"라며 비교를 반복하셨는데 그게 상당한 상처로 다가왔다. 동화나 드라마 속에서 보던 이야기들은 먼 얘기가 아니었다. 어느 순간부터 이런 일은 힘들지만 너무도 익숙한 상황이 되어버렸고, 그냥 그게 당연한 삶인 듯 받아들이고 지냈다. 물론 모든 일에 익숙해졌던 건 아니다. 부부싸움을 하고 나면 새어머니는 다음 날 아버지가 나간 뒤 꼭 나를 불러다 "너 때문"이라는 말을 했다. 억울한 마음은 가슴속에서만 울려 퍼졌다.

그 일들을 겪으면서 나중에 힘든 사람이 있다면 꼭 먼

저 알아줄 수 있는 사람이 되고 싶다고 생각했다. 지금도 이 기억을 떠올릴 때마다 다짐한다.

절대로 차별하지 않는 어른이 되리라.

한편으로는 그때의 억울하고 차별당한 순간들에 감사함을 느끼기도 한다. 물론 세상에 그런 차별 자체가 없었다면 더 좋았겠지만, 이런 경험들이 있었기에 지금의 내가 존재할 수 있다는 것을 지금은 잘 알고 있다.

삶은 내가 예상한 대로 흐르지 않았다.
인생 속 한 번도 상상하지 않았던 변수와 함께
내 삶은 변화를 맞이하기 시작했다.

짐이 된다는
두려움

열세 살, 아버지가 갑작스러운 교통사고로 돌아가셨을 때 나는 세상에 혼자 남겨졌다.

'앞으로 내 인생은 어떻게 되는 거지?'

어린 나이였지만 나에겐 그동안 길러진 '눈치'라는 스킬이 있었고 세 번째 어머니는 아버지가 없다면 나와 같이 살지 않을 거라는 걸 짐작할 수 있었다. 상황은 예상대로 흘러갔고 그로 인해 나는 내 인생의 가장 큰 은인을 만나게 되었다. 지금의 나를 있게 해주신 분들, 바로 나의 큰엄마와 큰아빠다.

☼

　명절 때마다 시골에서 뵙고 인사하긴 했지만 큰엄마, 큰 아빠랑 같이 살게 될 거라곤 한 번도 상상해본 적 없었다. 처음 큰엄마 댁으로 가게 됐을 때 그곳에는 친척 형과 누나가 살고 있었다. '과연 내가 여기서 잘 지낼 수 있을까?' 하는 걱정이 제일 먼저 들었다. 당시 나는 나도 모르게 계속해서 주변 사람들의 눈치를 보고는 했다. 누군가 또 나에게 뭐라고 하진 않을까. 걱정과 달리 큰엄마네 가족과 살아가면서 내게는 믿지 못할 변화들이 일어나기 시작했다.

　어릴 적 나는 초등학교를 총 네 군데 다녔는데 성적이 그리 좋은 편이 아니었다. 그런데 큰집으로 이사 오고 처음으로 1등이라는 성적표를 받았다. 누군가에게는 대단한 일이 아닐지 모르겠으나 나에겐 보고도 믿을 수 없는 일이었다. 초등학교 내내 반 뒤에서 등수를 세는 것이 빠를 정도의 성적이었고, 새어머니 자녀들과 늘 성적으로 비교당했으니까. 그런 내가 서울로 이사 와서 1등을 하다니. 돌아가신 아버지와 새어머니에게 이걸 보여줄 수 없다는 게 안타까웠고, 이 일은 나에게 자신감을 심어준 첫 번째 경험이 되었다.

　이런 놀라운 변화들은 나의 성격과 성향이 변했기에 가능했던 것 같다. 그리고 그 변화를 이끌어준 건 다름 아닌 큰엄마, 큰아빠였다. 큰집에서의 생활은 그동안 내가 살아온 세상의 모습과 너무도 달랐다. 그 전까지 나에게 가족끼리 밥을 먹는다는 건 한 손에 꼽을 정도로 드문 일이었다. 늘 혼자서 배달 음식을 시켜 먹거나 밖에서 사 먹는 데 익숙했다. 집에서 가족이 다 같이 밥을 먹는 일상은 낯설지만 굉장히 기분 좋은 일이었다. 이 순간은 내 인생에서 평범함에 대한 소중함을 알게 해준 무엇과도 바꿀 수 없는 경험이었다.

　지극히 평범한 순간들에 익숙지 않았던 나는 그런 순간들을 경계하기도 했다.

　'집에서 이렇게 다 같이 밥을 먹을 수 있다는 게 말이 되는 건가.'

　큰부모님은 그런 나를 아무런 차별 없이 대해주셨다. 때로는 친구처럼, '가족이란 이런 것이구나'를 하루하루 느끼게 해주셨다. 그 크고 깊은 사랑에 지금까지도 이루 말할 수 없는 감사함을 느낀다.

시험 기간 큰엄마와 했던 '성적 내기'도 기억에 남는다. 100점 맞을 때마다 만 원 받기 내기. 큰엄마는 내가 제안한 내기를 흔쾌히 받아주셨는데 이게 당시 나한테는 엄청난 동기부여가 됐다.

예전이라면 상상도 못 했을 일들이 내 삶에서 자연스럽게 일어났다. 지속적으로 흘러가는 소소한 일상들은 조금씩 내 마음에 평범함이 주는 즐거움과 편안함이란 감정들을 심어주었다. 그렇게 평범한 삶에 익숙해지면서 나는 점점 남의 눈치를 보기보다 나 자신에게 시선을 돌리게 되었다. 그동안 속으로만 감춰왔던 욕망들을 펼치기 시작하게 된 것이다. 하고 싶은 일이 많지만 표현하지 못하는 아이에서, 조금씩 표현하고 호기심이 생기면 곧바로 실행에 옮기는 아이로 변해갔다. 이런 변화를 이끌어주신 큰부모님께 꼭 보답하고 싶었고, 그날은 머지않다고 믿었다.

그리고 열여덟에 시각장애인이 되었다. 내가 꾸었던 꿈들이 더는 이룰 수 없는 꿈이 되었다는 생각은 나를 견디기 힘들게 했다. 아무것도 할 수 있는 일이 없다는 생각, 큰엄마와 큰아빠에게 보답해드리기는커녕 짐만 될 거라는 생각에 하루하루 마음은 답답해져만 갔다.

그러던 어느 날, 방에 누워 있는데 큰엄마의 울음소리가 들렸다. 그동안 큰엄마는 나를 위해 슬픔을 티 내지 않고, 힘들어하는 나를 위해 생전 가지 않던 영화관까지 데려가셨다. 반복되어온 나의 생각에 변화가 일어나기 시작했다. 큰엄마, 큰아빠에게 미안하다고 하면서 실상 나는 나 자신만 생각하며 그분들의 진짜 감정은 보지 못했던 것이다. 힘들어하고 예민해진 나를 보며 얼마나 힘드셨을까 생각하니 너무나 죄송했다. 누군가를 힘들게 하지 않겠다는 생각은 결국 나를 위한 다짐이었다.

'앞으로 내 인생은 어떻게 되는 거지'라는 오랫동안 지속돼온 물음에 대한 답을 나는 두 분 덕분에 찾을 수 있었다. 눈이 보이지 않으면 아무것도 할 수 없을 거라 생각했지만, 여전히 나에겐 가진 것이 많았다. 내겐 많은 가능성이 있었다.

더는 가지지 않은 것에 집중하지 않기로 했다.

대신 내가 현재 가진 것을 생각하고, 그것으로 할 수 있는 일이 무엇일지를 고민하기 시작했다. 재밌는 건, 나의 육체적 환경은 변하지 않았는데 생각이 변화하니 모든 게 달리 보이기 시작했다는 것이다. '모든 건 생각에 달렸다'는 말은 언뜻 쉬워 보이지만 알면서도 삶에 녹이기 힘든 진리인 것 같다. 아마 그게 가능했던 건 큰부모님이 내게 베풀어준 신뢰와 시간 덕분일 것이다.

넘어진 뒤 내가 다시 일어설 수 있었던 것도 모두 누군가의 보이지 않는 손길 덕에 가능했다. 혼자만의 힘으로는 결코 어려움을 감당할 수 없었을 것이다. 당신들을 위해서는 잘 쓰지 않는 돈도 남에게는 아낌없이 베푸시는 큰부모님을 볼 때마다 존경스러운 한편 그러지 마셨으면 하는 마음도 들었다. 그런 두 분이 부담스러워할 정도로 커다란 무언가를 해드리고 싶었다. 그래서 어릴 때부터 '부자가 돼서 집을 해드릴 것'이라는 말을 달고 살기도 했다. 어린 맘에 하는 호기로운 소리라 생각할 수도 있지만 지금도 여전히 같은 마음이다. 내 인생에 무엇과도 바꿀 수 없는 것, 마음껏 꿈꿀 수 있게 해주고 웃음을 만들어준 나의 은인께 앞으로는 내가 웃음과 편안함을 선물해드리고 싶다.

나는 가지지 않은 것에
집중하지 않기로 했다.

인정하고 싶지 않은
현실 속에서

어릴 때부터 나는 해보지 않은 일을 경험하는 것, 새로운 무언가를 배우는 것을 좋아했다. 그래서 남들이 하는 것은 꼭 다 해봐야 했고 궁금한 것이 생기면 끝까지 파고들어 해내야만 두 다리 쭉 뻗고 잘 수 있었다. 이런 성격 때문에 때론 과한 의욕을 보이기도 하고, 스스로도 독종이라 느껴질 정도의 승부욕을 부릴 때도 종종 있었다.

어느 날은 드라마를 보다가 배우란 직업에 대해 곰곰이 생각했다. 캐릭터를 스스로 분석하고 고민해서 자기만의 감정으로 해석해 사람들에게 보여주는 사람. 배우에 대해 생각하면 할수록 여러 질문이 꼬리를 물며 떠올랐다.

'저 드라마는 어떤 과정을 거쳐 만들어지는 거지?'

'배우들의 연기는 TV에서 보는 것과 실제로 보는 것의 차이가 있을까?'

학교에서는 내가 궁금한 것들을 알아낼 수 없었다. 직접 부딪혀봐야겠다고 생각한 나는 무작정 여의도로 갔다. 아무 대책도 없이. 그곳에 가면 어떻게든 뭔가 기회가 생길 거라고 생각했다. 그렇게 방송국 주변을 서성이다 드라마 출연자를 모집한다는 사무실을 발견했고, 어느 틈에 나는 드라마 보조출연 동의서에 서명을 하고 있었다. 다음 날, 나는 스스로에게 하루 방학을 부여하고 학교가 아닌 드라마 촬영장에서 새로운 공부를 했고, 누구도 풀어주지 못했던 궁금증을 해결할 수 있었다.

또 언젠가는 친구들과 놀러 간 찜질방에서 우연히 포켓볼을 접하면서 새로운 스포츠에 흥미를 갖게 되었다. 그래서 고등학교 특별활동을 당구부로 선택했다. 큐대에 익숙하지 않으니 당연히 친구와의 게임에서 처참히 패배했다. 그때부터 지독한 당구 수련이 시작됐다. 연습비를 마련하기 위해 나는 더욱 공부에 매진했다. 성적이 오르면 학원에서 장학금을 받았는데, 큰엄마와의 내기와 마찬가지로 이게 무서운 동기부여가 됐다. 다소 이상한 학습 목적이지만 효과는 확실했다. 그렇게 '성적'과 '용돈'이라는 두 마리 토끼를 잡으며 열심히 연습에 매진했고, 하루 이틀이 지나면서 아무리 용을 써도 안 맞던 공을 맞추는 횟수가 늘어가기 시작했다. 시간이 흘러 공을 못 맞추는 게 오히려 이상할 정도의 실력이 되었고, 더 이상 당구부에서 패배하는 일은 일어나지 않았다.

☼

호기심이 많고 뭔가에 관심 가지면 끝까지 파고드는 성격은 시각장애인이 된 이후 나에게 정말 큰 도움이 되었던 것 같다.

처음 시력을 잃고 집에서만 지내며 가장 많이 했던 생각 중 하나가 앞으로 뭘 해야 할지에 대한 고민이었다.

'대체 뭘 할 수 있을까? 할 수 있는 일이 있기는 할까?'

내 머리로는 도무지 답이 나오지 않았고 어른들은 내게 점자를 배울 것을 재차 권하셨다. '점자'란 단어를 듣는 순간 마음이 너무도 복잡했다. 도무지 낯설고 인정하고 싶지 않은 현실이었다. 장애가 뭔지도 모르고 제대로 받아들이지 못했던 나에게 점자를 배운다는 건 내가 진짜 장애인이 되었음을 인정하는 일 같아 피하고만 싶었다.

아마 시력을 잃기 전의 나였다면 이 일을 도전으로 받아들이고 단박에 흥미를 보였을 것이다. 실제로 나는 엘리베이터 버튼에 있는 점자를 볼 때마다 호기심을 느끼며 언젠가 한번 배워보면 좋겠다고 생각했었다. 그러나 그게 도전이 아닌 의무가 되니 더는 새롭고 흥미로운 일로 다가오지 않았다. 어릴 때부터 쌓여온 차별에 대한 거부감 때문에 '남과 다르다'는 것을 더더욱 받아들이기 어려웠는지도 모른다.

하지만 그와 동시에 나는 누군가를 힘들게 하고 싶지 않은 사람이기도 했다. 결국, 내가 할 수 있고 해야 하는 일은 현재로선 점자를 배우는 일밖에 없는 것 같았다. 그러지 않으면 집에서 계속 누워서 지낼 수밖에 없을 테니까. 더는 가족들을 힘들게 하고 싶지 않았다.

'그래, 한번 배워보자.'

한 번 마음을 먹자 가슴속에 있던 승부욕이 다시금 슬

금슬금 고개를 내밀었다. 이왕 배우기로 결심했다면 최선을 다해 점자를 마스터해보자. 그렇게 죽기보다 싫었던 점자 배우기 미션이 시작됐다.

점자 공부가
가져다준 반전

자퇴한 고등학교 특수반 선생님의 소개로 시각장애인 특수학교를 알게 되었고, 그곳 점자도서관에서 일주일에 한 번씩 점자를 배우게 되었다. 선생님과의 만남은 내게 시각장애인으로서 앞으로 한 걸음 나아가게 해준 터닝포인트가 되었다.

✸

마음을 단단히 먹고 갔음에도 첫 수업부터 잠깐의 좌절을 경험했다. 내가 배워야 할 것은 자음과 모음이었다. 유치원 시절 배웠던 자음과 모음을 한글 대신 점자로 다시 배우는 것은 새롭지만 그리 반가운 일이 아니었다. 당시 내 나이는 열아홉, 또래들이 수능을 준비하는 나이였다. 친구들은 수능 공부를 하고 있는데 나는 자음과 모음 공부라니, 대체 언제 공부해서 언제 대학을 가나 싶었다.

답답한 마음도 잠시, 다시 마음을 다잡고 점자 공부에 집중했다. 선생님은 쓰기부터 배워야 한다며 내게 낯선 판과 종이 그리고 송곳 같은 것을 주셨다. 그러고는 '점자는 한글과 달리 쓰는 것이 아닌 찍는 것'이라고 설명하며 그것들의 사용 방법들을 알려주었다. 송곳 같은 도구의 이름은 '점필'로, 연필의 역할을 하는 것이었다. 점판이라고 하는 곳에 종이를 끼우고 점필로 찍어 글자를 쓰는 방식이었다. 기본적인 설명을 들으며 몇 번 점자를 찍어보니 마치 퍼즐을 배우는 느낌이었고 그 원리는 굉장히 흥미로웠다. 배우기 싫다고 버텼던 사람이 맞나 싶게 나는 왕성한 호기심으로 수업 내내 끊임없는 질문 공세를 이어갔다.

첫 수업에 주어진 숙제는 일주일 동안 좋아하는 노래 한 곡을 점자로 찍어 오는 것이었다. 집에만 누워 지내던 나는 밥 먹고 잠자는 시간 외엔 오로지 점자에만 매달렸다. 어느새 내 앞에는 노래 일곱 곡이 찍힌 종이가 놓였다. 뭔가를 시작하면 끝을 봐야 직성이 풀리는 내 독종과도 같은 성격이 무서운 힘을 발휘한 것이다. 나조차 놀랄 만한 결과물이었고, 이때의 성취감은 당시 그 어떤 것과도 비교할 수 없는 힘이 되었다.

　2주 후 나는 완벽하게 점자를 쓸 수 있게 되었다. 선생님은 이렇게 빨리 배우는 경우는 정말 드문 일이라고 말해줬는데, 이 말을 듣자 처음으로 '다시 뭔가를 할 수 있겠다'는 자신감이 생겼다. 이제 쓰는 데 익숙해졌으니 읽는 것도 금방이겠구나, 드디어 다시 책을 읽을 수 있겠구나, 기대감에 부풀었다. 곧바로 빌려 온 동화책 점자 위에 손을 대보았다.

　쓰기를 할 수 있다는 것은 점자의 모양을 안다는 것일 뿐이다. 그 모양에 대한 지식이 내 머릿속에 있으니 손을 대면 쉽게 알아차릴 수 있을 거란 생각은 크나큰 착각이었다. 내 손에 느껴지는 건 그저 오돌토돌한 촉감 그 이상도 이하도 아니었다. 기대감이 컸던 만큼 당혹감도 컸다. 그때부터 '반드시 널 읽어내겠다'는 일념으로 다시 점자와의 대결을 시작했다.

읽기는 쓰기와는 비교할 수 없을 정도로 어려웠다. 밥 먹고 잠자는 시간도 아껴가며 연습했지만 일주일이 지나도 실력은 늘지 않았다.

나는 생각했다.

'아직 남아 있는 미세한 시력이 오히려 방해가 되는 건지도 몰라.'

불현듯 불을 끄고 글을 썼다는 한석봉 이야기가 떠올랐고, 나는 무작정 불을 끄고 이불까지 뒤집어써가며 모든 빛을 차단했다. 그렇게 점자와의 2차전 대결은 완전한 어둠 속에서 계속됐다.

☼

일주일 후, 나는 소리를 지르며 어둠 밖으로 빠져나왔다. 왼손 검지 끝으로 '장'이라는 글자가 처음으로 정확히 인지되었던 것이다. 오로지 점자만 읽고 읽던 그 시간 동안 '과연 이게 되긴 하는 걸까?', '너무 늦게 배워서 불가능한 건 아닐까?' 하는 의심 속에서 포기하고 싶던 순간들도 많았다. 하지만 이 한 글자를 읽어내는 순간, 그간의 고생이 헛된 것이 아니었다는 확신이 들었다.

죽기보다 배우기 싫었던 점자가 오히려 나에게 희망을 가져다준 역설적인 순간이었다. 점자를 배운다는 것이 처음엔 내가 장애인임을 인정하는 일, 다른 사람들이 나를 이상하게 바라볼 것이라는 두려움에 휩싸이는 일이었다면, 이제는 '혼자서 할 수 있는 일이 훨씬 많아질 기회'로 받아들여졌다. 한 글자 읽기를 성공한 뒤로는 실력이 순조롭게 늘었다. 한 글자가 얼마 안 가 한 문장이 되고, 한 달후엔 혼자서 책 한 권을 읽을 정도의 실력이 됐다.

나의 연습은 한글에서 멈추지 않고 영어까지 뻗어갔고, 어느새 영어 책까지 술술 읽는 수준이 되었다. 남들 수능 공부할 때 자음, 모음이나 배운다며 걱정했던 나는 점자로 수능 공부를 해서 대학까지 들어갔다. 점자는 이제 내 인생에서 없어서는 안 될 나의 자랑스러운 능력 중 하나가 됐다.

뭔가에 빠지면 끝까지 몰입하는 성격이 단점은 아닐까 싶은 적도 있었다. 하지만 이런 과정을 거쳐오며 나의 집요한 성격이 장점이 될 수 있다는 확신을 얻었다. 그토록 배우기 싫던 점자, 단점이라고 느껴졌던 성격은 이제 나를 지탱하는 강력한 무기가 되었다.

　스스로 별로라고 생각했던 기질이나 성향이 다른 관점에서 보면 숨은 보물이 될 수도 있다. 인생에서 일어나는 일들도 마찬가지다. 앞으로도 나는 짓궂고 어두운 상황 속에서도 빛을 발견할 줄 아는 사람으로 살아가고 싶다.

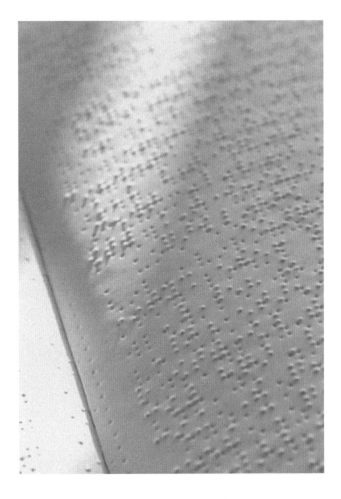

그토록 배우기 싫던 점자,
단점이라고 느껴졌던 성격은
이제 나를 지탱하는 강력한 무기가 되었다.

맹학교가
내게 가르쳐준 것

일반학교에서 특수학교로 옮기기로 했을 때, 특수학교
는 내가 다니던 학교와 많이 다를 거라 짐작했다. 학교는
공부만 하는 곳이 아니라 친구들과 다양한 일을 함께하며
추억을 쌓아가는 공간이라고 생각하는데, 특수학교는 그
렇지 않을 것 같았다.

시력을 잃기 몇 년 전, 내가 입학한 맹학교 친구들이 TV
에 나온 걸 본 적이 있다. 다 같이 노래를 부르는 학생들,
그걸 보며 눈물을 흘리는 연예인들의 모습이 번갈아 화면
에 담겼다. 노래가 끝난 뒤에도 학생들은 밝게 웃으며 인터
뷰를 했지만 사람들은 계속 울고 있었다. 방송을 보고 난

뒤 내가 느낀 건 '학생들이 참 착하구나' 정도가 다였다.

이런 기억들로 알게 모르게 시각장애인 학교에 대한 선입견이 쌓여 있었나 보다. 입학을 앞두고서는 '과연 내가 그곳에서 잘 지낼 수 있을까' 하는 생각에만 휩싸였다. 일단 재미가 없을 것 같았고, 어둡고 우울한 분위기일 것 같았다. 그동안 내가 바라온 학교생활, 특별한 추억은 기대하지 말고 3년 동안 죽었다 생각하고 공부만 하자 마음먹었다. 너무 공부만 해서 힘들고 외롭다 느껴지면 나를 이곳으로 이끌어준 선생님과 한 번씩 대화를 나누면 되고, 그러다 보면 3년은 금방 갈 거라고 마음을 다잡았다. 그렇게 입학 전부터 일어나지도 않은 일까지 걱정하며 철저히 3년간의 계획을 세우고 있었다.

그리고 그 계획은 전혀 내가 예상한 대로 흘러가지 않았다.

☼

맹학교에서의 생활은 내 예상을 완전히 뒤엎었다. 내가 짐작한 맹학교의 학생, 뭔가를 잘 못하고, 우울하고, 분위기가 좋지 않은 학생이 하나 있긴 했다. 막 입학한 그 아이는 여기저기 부딪히기도 하고 길을 잃기도 하는 등 이래저래 도움이 좀 많이 필요해 보였다.

그 아이는 바로 나였다. 맹학교를 떠올릴 때 생각한 나의 편견과 가장 닮은 사람은 다른 누군가가 아닌 나 자신이었던 것이다.

입학 후 나는 놀라지 않을 수 없었다. 학교 안은 웃음과 활기로 가득했고 그 정도는 예전 다니던 고등학교에 결코 뒤지지 않았다. 차이라면 맹학교의 학생 숫자는 일반 고등학교에 비해 굉장히 적다는 것이었다. 내가 원래 다니던 고등학교는 마흔 명씩 14반까지 있었던 데 반해 맹학교 고등부의 학급 개수는 두 개, 각 반의 학생 수는 여섯 명이었다. 심지어 내가 입학한 해는 나를 포함한 신입생이 네 명이어서 우리 학년은 열두 명이 다였다. 고등부 전체를 합쳐도 마흔 명이 채 되지 않았다.

아직도 맹학교에 입학한 첫날을 잊지 못한다. 학교에 신입생이 왔단 소식에 중등부부터 고등부 3학년까지 모든 학생이 반으로 들어와 끝도 없이 질문 세례를 퍼부었다. 다들 어찌나 말도 빠르고 에너지가 넘치는지 나는 제대로 대꾸도 못하고 멍하니 이 낯선 상황을 마주하고 있었다. 내가 예상하던 장애인의 모습과 그 순간 마주하고 있는 상황은 상당한 거리가 있었다.

내가 속한 반은 나를 포함한 신입생 네 명과 기존에 다니던 학생 두 명까지 총 여섯 명의 학생이 있었다. 신입생은 모두 일반학교를 다니다가 나처럼 중도에 시력을 잃고 맹학교로 재입학한 친구들이었다. 서로 비슷한 상황을 겪고 한 교실에서 만나게 된 것이다. 자세히 보면 각자의 실명 원인과 시력 정도는 다양했다. 누구는 10센티 정도의 거리에서 교과서를 아주 느리게나마 읽을 수 있었고, 누구는 확대 독서기를 사용해 글자를 키워서 읽을 수 있었고, 또 누군가는 점자로만 글을 읽었다.

내 경우 10~15센티쯤 거리에 사람이 있다 없다 정도를 구별하고 빛을 감지해 눈앞에 뭔가가 움직이는 걸 알아챌 정도의 시력을 갖고 있었다. 어릴 때부터 맹학교를 다닌 두 명의 친구는 태어날 때부터 보이지 않았고 빛도 볼 수 없는 시각장애인이라고 했다. 같은 시각장애인이라도 나이, 보이는 정도, 생각까지 모두 다른 우리 여섯 명은 3년이란 시간을 함께하게 되었다.

　강렬한 입학 신고식을 치르고도 당황스러운 감정은 계속됐다. 다른 반 친구들이 모두 떠나고 어색한 분위기 속에서 반엔 우리 여섯 명만 남게 되었다. 정적 속 어색한 분위기를 깬 것은 아무것도 보이지 않는 두 친구였다. 둘은 교실을 자유롭게 돌아다니며 우리에게 이것저것 질문하고 웃으면서 앞으로 잘 부탁한다고 말했다. 이동 수업이 있을 때 앞장서서 알려주는 것 역시 앞이 조금이나마 보이는 누군가가 아닌 이 두 사람이었다. 내가 낯선 곳에서 헤매고 있으면 내 이름을 부른 뒤 대답 소리를 듣고 와서 나를 데려가기도 하고, 점자책을 찾지 못할 때 내 자리로 와서 책을 펼쳐주는 등 섬세하게 나를 챙겨주었다. 수업이 끝나자 두 사람은 방과 후 활동으로 밴드와 오케스트라 연습이 있다며 내일 보자고 인사하고 교실을 떠났다. 그들은 음악에 대한 꿈을 가지고 있었고 그걸 위해 방과 후마다 악기를 연습했다.

　앞으로의 학교생활이 내 예상과 전혀 다를 것임을 단 하루 만에 알 수 있었다. 그날 하루 동안 내가 느낀 감정은 힘듦이나 외로움이 아닌 놀라움과 당황스러움이었다. 외롭고 힘들다는 감정의 이면에는 남들과 비교하는 마음이 있었다. 시력을 잃어서 더 힘들고 슬프고 외롭고 어려울 거라는 예측은 나의 갇힌 생각일 뿐이었다. 나는 당시 그게 갇혀 있는 생각이라는 것조차 알지 못했다. 맹학교 친구들과의 시간은 나를 스스로 가두고 있던 문을 발견하게 해주었다. 그들은 보이지 않아도 각자 자기만의 방법과 노하우를 터득한 전문가였다. 내가 그동안 보아온 TV 속 가여운 모습이 아닌, 어디에나 있을 법한 웃음 많은 사람이었다. 누구보다 하고 싶은 것이 많고, 그걸 위해 노력하고 즐길 줄 아는 프로였다. 앞으로 3년간 이곳에서 쌓여갈 추억들이 너무 기대가 됐다.

☼

맹학교 수업은 몇몇 과목을 제외하고는 일반학교에서 배우는 것과 크게 다르지 않았다. 교실에는 한글과 점자로 적힌 시간표가 있었는데 국어, 영어, 수학, 사회, 과학, 체육, 음악, 미술 등 없는 과목이 없었다. 그 밖에 일반고에서는 배울 수 없는 안마, 한방 관련 과목들도 있었다. 지금은 배우고 싶어도 전문 과정을 따로 전공해야 해서 고등부에서는 배우지 못하는 과목인데 당시엔 필수 과목이었다. 처음엔 공부랑 관련도 없고 낯설고 어려운 안마를 배우는 게 달갑지 않았지만, 지금은 그걸 안 배웠다면 후회됐겠다 싶을 정도로 안마는 내 자랑스러운 특기가 되었다. 여기에서 배운 안마 실력으로 효도도 할 수 있고, 봉사, 아르바이트까지 덕을 본 일이 아주 많기 때문이다.

학년이 올라갈수록 시간표는 낯선 과목들로 가득 채워졌다. 우선 안마를 배우려면 인체에 대한 공부를 먼저 해야 한다. 그 밖에도 해부, 생리, 한방, 침구, 전기치료 등 과목 이름부터 예사롭지 않은 수업이 많았다. 대체 여기가 고등학교인가 의대인가 헷갈릴 지경이었다. 그래도 언제 이런 걸 배우나 싶어 '나는 허준이다' 상상하며 열심히 혈자리도 외우고, 안전한 침으로 실습을 하기도 했다.

체육 시간도 매번 새롭고 재밌었다. 축구, 배구, 탁구, 테니스 등 다양한 스포츠를 배웠는데, 이 시간만 되면 너나 할 것 없이 모두가 올림픽 선수가 됐다. 시각장애인끼리 경기할 때는 저마다 시력이 다르기 때문에 모두 같은 조건에서 겨루기 위해 안대를 착용하기도 한다. 공에서는 보통 소리가 나서 소리를 듣고 반응하며 경기를 한다. 처음엔 좀 무섭기도 하고 소리만으로 공의 움직임을 알아채는 것이 쉽지 않았지만, 시간이 흐를수록 모두 투지와 승부욕을 불태우며 경기에 임했다.

입시 준비의 경우 공부하는 방식이 달라진 것 외에 다른 점이 거의 없었다. 다만 점자로 된 문제집들이 많지 않아서 따로 제작을 해야 했는데 제작 기간이 몇 개월씩 걸리기 때문에 2년 전 교재를 봐야 하는 답답함은 있었다. 방과 후에는 보충수업과 야간자율학습에 참여했다. 공부하는 게 마냥 재밌지는 않았지만 다시 공부할 수 있다는 것 자체가 너무나 소중했다.

특수학교에서는 공부 외에도 배울 것이 참 많았다. 사실 입학 전 공부에만 매진하겠다 결심한 만큼 학업에 모든 노력을 쏟지는 못했다. 가끔 '그때 더 열심히 공부할 걸 그랬나' 싶기도 하지만, 다시 그때로 돌아간다 해도 크게 달라질 것 같지는 않다. 그곳에서 3년간 쌓은 추억들은 공부로는 얻을 수 없는 많은 것을 주었기 때문이다.

☼

비슷한 상황의 친구들과 함께하며 나는 비로소 장애인에 대한 편견을 깰 수 있었고, 이는 장애를 가진 사람으로서 평생을 살아가는 데 아주 큰 힘이 되었다. 더 나아가서는 행복의 기준에 대해서도 다시 생각해보게 되었다. 가령 누군가와 비교하며 '내가 그래도 저 상황보다는 낫지' 하고 위안하는 것이 얼마나 터무니없는 생각인지 깨달았다. '저 사람보다 내가 낫다'라는 기준을 누가 정할 수 있을까. 그 기준이 어떻게 정확할 수 있을까.

그 누구도 누군가의 삶을 향해 섣불리 불행하다 말할 수 없다. 또 세상 사람 모두가 누군가를 불행하다 여길지라도, 그 사람이 스스로 느끼는 행복은 그 누구보다 클 수 있다.

행복은 누군가와의 비교를 통해 얻는 것이 아니라 스스로 찾아야 하는 것이라는 사실을 친구들과 함께하며 배웠다. 늘 행복한 삶을 꿈꾸는 나에게 이것은 최고로 값진 배움이었다. 주체적으로 나의 행복을 찾아나서는 사람, 나아가 누군가의 행복에 함께 공감할 수 있는 사람. 맹학교에서의 생활은 내가 꿈꾸는 사람으로 성장해가는 첫 번째 발돋움이 되었다.

누구도 타인의 삶을 향해
불행하다 말할 수 없다.

내가 마지막으로
보았던 얼굴들

대부분의 사람은 시각을 통해 정보를 받아들이고, 자연스럽게 시각에 집중된 삶을 살아간다. 나 역시 시각장애인이 되기 전까지는 그랬고, 다른 감각들에 대해 크게 생각해본 적도 없었다. 시력을 잃고 얼마 되지 않았을 때만 해도 보이지 않는 거울을 습관적으로 들여다보곤 했다. 누군가 외적인 변화가 생겼다는 이야기를 들으면 어떤 모습일지 너무 궁금했다. 갑자기 앞이 보이지가 않으니 앞이 보일 땐 궁금해하지도 않던 것까지 더 궁금해했다.

하지만 10년 정도가 흐른 요즘의 나는 보이는 것보다 다른 것에 더 집중한다. 그 사람이 가진 목소리, 향기, 발소리 등, 가능한 한 모든 감각을 동원해 상대방을 파악한다.

시각이 아닌 다른 감각으로 사람들을 파악하는 데 익숙해 질 대로 익숙해진 내게도 문득 어떤 이의 외양이 몹시 궁금해질 때가 있다. 바로 내 얼굴과 친구들 그리고 큰엄마, 큰아빠의 얼굴이다.

☼

내가 기억하는 누군가의 얼굴은 11년 전의 모습들뿐이다. 그조차도 정확한 기억인지 헷갈릴 때가 있다. 비장애인으로 살아온 시간들이 있기 때문에, 기억하는 한도 내에서는 이미지를 그려내는 것이 가능하다. 그런데 신기한 건, 과거의 어떤 순간 내가 어느 정도로 집중해서 자세히 봤느냐에 따라 그려지는 정도가 다르다는 것이다. 매일같이 가던 학교와 학원, 집의 풍경은 지금도 생생하게 이미지가 그려진다. 내 시야에 반복적으로 노출된 장면일수록 떠올리기가 쉽다. 그래서일까, 나는 정작 열여덟 살의 내 모습이 잘 기억나지 않는다.

당시 내가 다닌 고등학교는 머리를 군인보다도 짧게 자르도록 규제하는 곳이었다. 그건 내가 그 학교를 가고 싶지 않은 이유이기도 했다. 한창 꾸미는 것에 관심 많던 나에게 머리를 짧게 자른 내 모습을 보는 건 그야말로 고역이었다. 그래서 자연히 거울을 외면하기 시작했다. 우연히 거울을 마주칠 때를 제외하고 내가 집중해서 거울을 보는 일은 거의 없었다. 이게 지금의 내가 열여덟 살의 내 얼굴을 선명히 떠올리지 못하는 '웃픈' 이유다. 그때의 내 얼굴을 떠올리면 빡빡머리를 한 소년의 이미지가 어렴풋이 떠오르는 정도다.

  11년이 지난 지금 그 소년은 어떻게 변했을까. 시간이 흐를수록 이 궁금증은 문득문득 더 자라날 것 같다. 친구들과 큰엄마, 큰아빠의 얼굴 역시. 내 머릿속의 친구들은 여전히 중학생, 고등학생의 모습이고, 당연히 꿈속에서도 어린 시절의 앳된 모습을 하고 있다. 그래서인지 요즘도 옛 친구들 목소리를 들으면 다시 학생 때로 돌아간 기분이 든다.

  큰엄마와 큰아빠는 어떤 모습일까. 주름이 더 생겼을까. 큰부모님의 얼굴 역시 자주 보았지만 한 번도 자세히 보려고 했던 적은 없었던 것 같다.

우리가 무언가를 바라본다고 해도 오롯이 집중해서 보는 경우는 생각보다 적을지 모른다. 열여덟 살 이전의 나는 많은 것을 보며 살았지만 무언가를 본다는 것에 대해 깊이 생각해본 적이 없었다. 너무나 당연한 일이고, 노력을 해야만 가능한 일도 아니었으니까. 밥을 먹고 잠을 자고 숨을 쉬는 일처럼 자연스러운 일. '다음에 보면 되지', '나중에 성인이 되면 여행도 많이 다니며 구경하면 되지'라는 생각은 그 모든 것을 너무나 당연히 여겼기에 할 수 있는 생각이었다.

　시력을 잃고 얼마 되지 않았을 때, 나는 보이지 않는 답답함 때문에 이전에 보았던 예쁜 것들을 떠올리려 애쓰곤 했다. 그때 깨달았다.

　나는 참 많은 것을 보는 동시에 보고 있지 않았구나.

　머릿속에서 떠오르는 것은 한정적인 공간과 모습뿐이었다. 다양한 경험을 했으니 여러 가지가 생각나지 않을까 싶었지만 생각과 달랐다. 내게 주어진 것들이 결코 당연한 게 아니었음을 그때에야 분명히 깨달았다. 그리고 생각했다. 혹시 지금도 인지하지 못한 채 당연하다고 누리는 것들이 있지 않을까. 시각이란 하나의 감각을 잃었지만 아직 내게는 남은 감각이 네 개나 있었다. '네 개나 남았다'가 아닌 '네 개밖에 안 남았다'라고 생각했다면 내 삶의 방향은 달라졌을지도 모른다. 한 끗 차이 같지만, 이 한 끗 차이가 앞으로 내가 무엇에 집중해야 하는지를 알려주었다.

그렇게 시각장애인 김한솔에겐 감각에 집중하는 습관이 생겼다. 앞에서 썼듯 가끔 누군가의 외양을 궁금해하기도 하지만, 대부분 내가 가진 감각에 집중해서 사람의 특징들을 파악한다. 다른 감각들에 집중해서 살아보니 그동안 내가 생각하지 못한 많은 것을 알 수 있었다. 시각으로만은 알 수 없는 것들을 나의 다른 감각들은 발견해내기 시작했다. 가령 나는 종종 누군가 내 쪽으로 다가오고 있다는 걸 누구보다 먼저 알아챌 때가 있다. 오직 청각에 집중하다 보니 저마다 다른 사람들의 발소리를 구별할 줄 알게 됐다. 보통 사람들은 상대방의 외모나 옷 등을 보면서 대화하지만, 나는 그들이 놓치는 좋은 향기, 목소리를 캐치한다. 이건 내가 특별히 예민한 감각을 타고나서도 아니고, 시력을 잃고 나서 감각들이 발달했기 때문도 아니다. 그저 앞이 보일 때에는 제대로 느끼지 못했던 감각에 더 예민해진 것일 뿐이다.

같은 처지에서 봐도 깜짝 놀랄 만한 감각을 지닌 시각장애인들도 물론 존재한다. 맹학교에서 만난 선천성 시각장애인인 한 친구는 청각이 너무 발달해서 어떤 소리를 들어도 음정처럼 들리고 여러 개의 소리가 겹치게 들려 머리가 아프다고 했다. 하지만 이건 특별한 케이스일 뿐, 대부분의 시각장애인이 감각이 발달했느냐고 묻는다면 그렇지는 않은 것 같다.

여행을 할 때면 앞이 보이지 않아 괜히 나만 손해 보는 듯한 느낌이 들고는 했다. 사람들이 그곳을 추억하고 회상하는 것에 비해 내게 기억되는 것은 많지 않았기 때문이다. 그래서 새로운 공간에 가면 더욱 예민한 감각을 발휘해 그곳을 기억하기 위해 애쓴다. 만질 수 있는 것은 직접 만져서 촉감을 기억해두기도 하고, 작은 소리에 유심히 귀

기울이며 소리가 나는 곳으로 다가가보기도 한다. 장소마다 냄새도 참 다양해서 보일 때는 몰랐던 것들을 알 때도 많다. 좋은 향기를 따라가다 예쁜 꽃을 만나게 되는 경우들도 있고, 묘한 냄새에 끌려 갔다가 만나고 싶지 않은 이상한 것을 만나는 경우도 많다. 이 모든 것이 내겐 특별한 에피소드가 되고, 특정한 장소를 생각하면 떠오르는 기억들이 된다. 이제는 누군가 내게 어떤 장소에 대해 설명해 달라고 하면 눈이 보일 때보다 더 많은 것을 떠올리고 이야기한다. 이만하면 참 재밌는 감각의 세계에서 살고 있는 것 아닐까.

☼

내게 남은 감각이 '네 개나' 있다는 생각은 내 삶을 훨씬 즐겁고 풍요롭게 만들었다. 또 당연했던 것이 결코 당연하지 않을 수도 있다는 생각은 지금 내가 누리는 상황들을 더 감사히 받아들이게 했다. 어릴 적엔 '당연히' 있어야 할 부모님이 내게 없다는 사실에 원망의 마음을 품기도 했다. 그러나 이제는 안다. 나에게는 결코 당연하지 않은 큰

시력을 잃고 나서 알았다.
나는 참 많은 것을 보는 동시에
보고 있지 않았구나.

존재, 큰엄마와 큰아빠라는 존재가 있다는 걸. 그 사실은 원망의 마음 대신 현재의 감사함으로 살아갈 수 있게 해줬다. 그뿐 아니라 지금까지 인연을 맺어온 수많은 좋은 사람들도 있었다. 그들과의 만남부터 좋은 관계로 이어진 모든 순간까지,

이 모두가 내게 당연하지 않은 축복이었다.

당연하게 생각했던 모든 것이 당연하지 않다고 알아채는 순간, 나는 내가 가지고 있는 것을 한껏 예민하게 감각하는 사람이 되었다. 누군가는 내가 마지막으로 봤던 모습들이 다양하지 않다는 것에 대해 함께 아쉬워하기도 하고, 보고 싶은 것이 있는지 묻기도 한다. 당연히 다시 볼 수만 있다면 더 많은 것을 깊이 보고 더 다양한 일을 경험해보고 싶다. 그러나 그렇다고 해서 과거에 제대로 보지 못해서 기억조차 희미한 것들에 대해 크게 아쉽지는 않다. 지금 내 인생에 집중하고 감각해야 할 것들이 너무도 많고, 그것들은 나에게 상상 이상의 즐거움을 주기 때문이다.

과거에 대한 아쉬움에 빠져 있기보다 앞으로 일어날 즐거움을 기대하며 살고 싶다. 내게 주어진 축복을 더 선명하게 감각하며. 당연하다고 생각했던 것들에 눈을 돌리면, 그곳에 내가 미처 보지 못한 숨겨진 보물창고가 있을지도 모르니.

아직 내겐 남은 감각이

너 개나 있어.

빛으로 한 걸음씩

2

나를 알아봐주는
사람을 만난다는 것

어릴 적 나에게 어둠이란 외로움, 그 속에서 피어오르는 여러 생각을 말하지 못하는 답답함이었다. 그래서 누군가 나의 어려움을 먼저 알아봐주길 바랐다.

'누가 나에게 어떤 상황인지, 무슨 일이 있는지 물어봐 줬으면.'

너무 말하고 싶은데, 누군가 그 문을 살짝만 열어주면 나가서 이야기할 수 있을 것 같은데 그런 상황은 쉽게 오지 않았다.

이 끝나지 않을 것 같은 외로움은 원치 않는 사건으로 끝이 났다. 갑작스러운 교통사고로 아버지가 돌아가시고 큰엄마, 큰아빠와 함께하기 시작하면서. 큰부모님의 낯설고 따뜻한 손길은 끝이 없을 것 같은 터널을 걷던 나를 구한 한 줄기 빛이었다. 두 분과의 만남은 내게 사람의 존재가 얼마나 중요한지를 알게 해주었다. 어느새 내 마음엔 외로움과 쓸쓸함 대신 안정감과 든든함이란 새로운 감정들이 자리를 잡아가기 시작했다.

인생에서 제일 중요한 것이 뭐냐고 묻는다면 나는 주저하지 않고 답하겠다.

'사람.'

그런 내가 누군가에게 언제 어디서나 편하게 나의 모습을 보여줄 수 있다는 건 이루 말할 수 없이 큰 행복이었다. 하지만 갑작스럽게 찾아온 시각장애는 이 행복을 계속 이어가는 게 불가능한 일처럼 느껴지게 했다. 사람을 좋아하지만 독립적이고 누군가에게 뭔가를 부탁하길 꺼리는 성향이었던 나는 피하고 싶은 불편한 상황을 계속해서 마주쳤고, 점점 사람의 눈길을 피하게 되었다.

시력을 잃고 얼마 뒤 복지관에 다니던 시절의 일이다. 그 시기 나는 사람이 그리우면서도 만나기를 두려워했다. 그럴수록 외로움과 공허감은 깊어졌고 그 감정들은 하루를 남들보다 길고 지루하게 만드는 것 같았다. 복지관을 다니면서도 그 마음은 잘 해소되지 않았다. 인간관계에 대한 불안정한 마음, 앞으로 뭘 할 수 있을지 모르겠다는 불안감 때문이었다.

나는 뚜렷한 목적이 있어야 힘이 나는 사람인데 눈이 보이지 않으니 목적이라고 할 만한 것들이 모두 불확실하게 느껴졌고, 사람 만나는 일이 인생의 큰 행복인 내게 사람을 못 만나는 현실은 '과연 내가 행복해질 수 있을까'라는 생각을 되풀이하게 했다. 뫼비우스의 띠처럼 답이 나오지 않는 고민의 연속.

그러던 어느 날, 복지관에서 내가 무엇을 할 수 있고 뭘 잘하는지 검사해주는 테스트가 있단 이야기를 듣고 무작정 그곳으로 향했다. 나라는 사람에 대해 더 깊이 알고 싶었다. 그럼 새로운 뭔가가 보이지 않을까.

열심히 검사에 임한 뒤 한 선생님과 대화를 나누었다. 그때 나는 누군가와 대화할 때 고개를 푹 숙이고 시선을 바닥에 둔 채 이야기하는 습관이 있었다. 상대의 눈이 어딘지 알 수 없고 그런 나를 보는 상대가 어떤 생각을 할지 모르니 생긴 습관이었다.

선생님은 물었다.

"한솔아, 왜 고개를 숙이고 있는 거야?"

"제가 이상한 곳을 바라보고 있으면 저를 볼 때 이상하다고 느껴지실 것 같아서요."

나의 이야기를 듣고 선생님은 웃으면서 말씀하셨다.

"그거 알아? 지금 고개 숙이고 있는 게 더 이상해. 고개 들어도 괜찮아. 더 당당해져도 돼. 남의 시선은 중요한 게 아니야."

그 순간 갑자기 마음이 울컥했다. 어쩌면 나는 줄곧 누군가 이런 말을 해주길 기다리고 있었던 게 아닐까.

나는 말했다.

"다른 사람들 입장에선 저랑 뭘 하든 제가 도움을 받아야 하는데, 그 상대가 힘들지 않을까요?"

"아니. 사람은 서로서로 돕고 살아야지. 나는 지금 너랑 이렇게 대화하고 있는 것만으로도 기분 좋은데? 그럼 지금 네가 나한테 도움을 주고 있는 게 아닐까? 고마워, 이렇게 이야기해줘서.”

혹시 복지관 선생님이어서 좋게 말해주시는 건 아닐까 하는 생각도 없었던 건 아니다. 하지만 그 후로 겪은 선생님의 행동들로 인해 전혀 그렇지 않다는 걸 알게 되었다. 선생님은 먼저 내게 밥도 먹자고 해주시고 나의 이야기도 너무나 잘 들어주셨다. 그동안 실타래처럼 꼬여 있던 생각들이 선생님과의 대화를 통해 풀려가기 시작했다.

눈앞이 보이지 않는 현실도, 무엇도 할 수 없을 거란 좌절에 빠져 있는 것도 힘들었지만, 가장 힘들었던 건 사람을 당당히 만날 용기가 부족한 나를 바라보는 일이었다. 그때까지도 나는 누군가에게 먼저 선뜻 말을 건네지 못하는 동시에, 누군가 이런 나를 한번 알아봐주길 바라는 아이였다. 한 사람의 존재로서 당당히 살아가도 된다는 선생님의 말씀은 내가 만들어놓은 생각의 수렁에서 나를 꺼내주었다.

가장 절실한 타이밍에 이런 경험을 할 수 있었다는 건

그 무엇과도 바꿀 수 없는 소중한 선물이었다고 생각한다. 선생님을 만나고 대화하며 어린 시절의 다짐이 떠올랐다.

'누군가의 어려움을 먼저 알아봐줄 수 있는 사람이 되고 싶다.'

선생님을 만나고, 어린 시절 나의 다짐을 아주 자연스럽게 실천하며 살아가는 사람이 있다는 걸 알게 되었다. 나역시 그와 같은 사람이 되어야겠다고 생각했다.

머릿속으로만 생각하고 있던 것을 직접 겪고 나니 마음은 더욱 단단해졌다. 힘들고 포기해야겠다고 생각하는 순간 내 곁엔 늘 누군가가 함께해주고 있었다. 나는 혼자서는 많이 부족하고 연약한 사람이지만, 그들 덕분에 넘어져도 다시 일어날 수 있었고 바로 일어나지 못하더라도 잠시 쉬어갈 수 있었다.

함께이기에 지금의 내가 있을 수 있었듯, 나도 누군가의 아픔과 외로움을 먼저 알아줄 수 있는 사람이 되고 싶다. 그렇게 누군가와 늘 함께하는 사람이 되고 싶다.

고개 들어도 괜찮아.
더 당당해져도 돼.

시각장애인은
왜 경영학과를 못 가나요?

나에게 스무 살이란 도전과 기회의 나이였다. 하고 싶은 것을 더 자유롭게 시도할 수 있는 나이, 그래서 뭐든 새롭게 시작할 수 있는 나이. 비록 나의 스무 살은 예상과 전혀 달랐지만, 그럼에도 인생의 많은 변화가 일어난 의미 있는 시기였다.

친구들이 대학교에 입학하던 날, 나는 다시 고등학생이 되었다. 열여덟 살 10월까지 고등학교를 다니다 11월에 시각장애인이 되고 1년 반 만의 일이었다. 점자를 처음 배운 열아홉 살엔 컴퓨터도 다시 배웠는데, 시각장애인도 방법이 다를 뿐 뭐든 할 수 있다는 걸 이때 많이 느꼈다. 시각장애인이 사용하는 컴퓨터라고 해서 기존에 사용하던 컴퓨터와 다를 것은 없었다. 일반 컴퓨터에 '센스리더'라는 프로그램을 깔면 화면 속 글자가 음성으로 출력된다. 소리로 듣고 컴퓨터를 한다는 건 말처럼 쉬운 일이 아니었다. 눈으로 보고 마우스 클릭 한 번 하면 될 간단한 일도 키보드로 조작하고 소리를 통해 정보를 파악한 뒤 입력해야 하니 그 전보다 시간이 훨씬 오래 걸렸다. 하지만 컴퓨터는 당연히 못 하게 될 거라 여겼던 내게 이 방법은 새로운 가능성을 안겨줬다. 점자로만 공부할 때는 어쩔 수 없는 속도의 한계가 있었는데 컴퓨터를 활용하니 많은 고민이 해결되었다.

컴퓨터를 배운 뒤로 혼자서 책도 다운 받아 듣고, 드라마나 영화도 볼 수 있게 되었다. 그 밖에도 복지관에서는 시각장애인들이 무엇을 하며 살아가는지, 어떤 것들을 할 수 있는지에 대한 정보가 많았다. 고등학교 입학 전까지 나는 할 수 있는 한 많은 걸 경험해야겠다는 생각으로 1년을 보냈다. 볼링을 배워 대회에도 참가해보고, 악기도 배워보고, 헬스, 요가, 자전거 등 다양한 운동 프로그램에도 참여했다.

이 1년의 시간은 '맹학교에 가서 다시 입시 준비를 해야겠다'는 도전의식을 심어주었다. 많은 경험을 하고 이것저것 성취해나가자 불가능하다 여겨졌던 대학 입학도 어쩌면 가능할지 모른다는 희망이 생겼던 것이다.

공부할 때는 점자, 음성이 지원되는 점자정보단말기를 이용했다. 점자정보단말기란 점자와 음성으로 문서를 볼 수 있도록 도와주는 단순한 컴퓨터와 같은 기기로, 이것으로 교재 파일을 열람하면 책 내용이 점자로 출력되고 이를 소리로도 들을 수 있다. 맹학교에서의 공부 방식은 앞이 보일 때와 정반대라는 말로도 부족할 정도로 너무나 달랐다. 눈으로 보는 데 익숙했던 내가 손으로 만지고 소리로 들어가며 공부하는 것에 익숙해지기까지는 많은 시간과 노력이 필요했다. 수학의 경우 그래프가 있기 때문에 손으로 만져서 그 모양을 연상해야 했다. 게다가 필산을 할 수가 없어 암산으로 문제를 풀어야 했는데 이 또한 쉬운 일이 아니었다. 하지만 시간이 흐르면서 여기에도 조금씩 익숙해졌고 나는 특히 수학에 재미를 느꼈다. 예전에 봤던 기억이 있어서인지 그래프를 손으로 만지면 머릿속에 그래프 모양이 점점 잘 그려졌고, 한참의 계산 끝에 정답을 맞히면 이루 말할 수 없이 짜릿했다.

☼

맹학교에서의 3년은 정말이지 쏜살같이 지나갔다. 눈 깜빡할 사이 대학 원서를 쓰는 날이 다가왔다. 막상 원서를 쓰려고 하니 무슨 학과를 가야 할지 막막했다. 그동안은 새로운 공부 방법을 터득하고 시각장애인으로서의 삶을 고민하는 것만으로 바빴기에, 고3이 되어서야 진지하게 진로를 고민하기 시작했다.

지원할 학과에 대해 알아보면 알아볼수록 나의 표정은 점점 어두워졌다. 대학엔 정말 다양한 과가 존재했지만, 그 많고 많은 학과 중 장애인이 들어갈 수 있는 곳은 한정적이었다. 백 개의 학과가 있다면 내 선택지는 열 개쯤밖에 돼 보이지 않았다. 의아하게도 학교마다 제한 범위가 달랐다. 같은 학과라도 어떤 학교는 장애인 입학이 가능하고 어떤 학교는 불가능했는데, 그 기준이 뭔지도 도무지 알 수 없었다. 시력이 없다고 배움 자체가 불가능한 학과가 아니었기 때문이다. 궁금한 나머지 학교에 직접 전화해

문의하면 '학교 방침일 뿐 잘 모르겠다'는 대답만 돌아왔다. 심지어 해마다 허용 기준이 다른 경우도 있었다.

선생님에게 이런 답답한 상황을 이야기하자 더 답답한 얘기가 돌아왔다. 우리나라엔 많고 많은 직업이 존재하지만, 그중 시각장애인이 택할 수 있는 직업은 손에 꼽을 정도로 적다는 말이었다. 그래서 학과도 대부분 사회복지학과 아니면 특수교육학과를 선택한다고. 스스로 원해서 가는 거라면 상관없지만 가고 싶은 학과가 따로 있는데 울며 겨자 먹기로 선택해야 한다면 너무 억울한 일 아닌가 싶었다. 선생님은 이 두 학과에 가야 장애인으로서 그나마 편하게 대학 생활을 할 수 있고 직업도 순조롭게 가질 수 있다고 했다.

나는 인터넷으로 시각장애인과 연관된 여러 직업 키워드를 검색해보았다. 생각보다 다양한 직업에 종사하는 시각장애인이 많았고, 그들의 활동은 비장애인들과 크게 다를 바가 없었다. 나는 생각했다. 시각장애인에게만 수많은 학과와 직종 선택이 제한된 지금의 현실이 달라져야 하는 것 아닐까. 마음속에 스멀스멀 알 수 없는 오기가 자라났다.

대부분의 선생님이 사회복지학과와 특수교육학과 입학을 권유할 때 나는 내가 정말 하고 싶은 일이 무엇인지 계속해서 고민했다. 교사가 되고 싶기도 했고, 현행 교육 제도를 바꾸는 일을 하고 싶기도 했다. 대학 원서는 총 여섯 군데에 넣을 수 있었는데, 나는 교육학과 세 곳과 사회복지학과, 특수교육학과, 그리고 경영학과까지 총 여섯 곳에 지원했다. 경영학과의 경우 시각장애인이 배우기엔 수학적인 지식이 많이 요구되고 현실적인 제약으로 공부하기 어렵다는 말에 오기로 선택했다.

사실 가장 가고 싶은 학과는 교육학과 쪽이었다. 여섯 개 중 세 군데를 넣었으니 붙을 확률이 높지 않을까 기대했지만 결과는 아니었다. 정확히 교육학과만 제외하고 사회복지학과, 특수교육학과, 경영학과 세 군데에 합격했다. 선택의 기로에 놓이고 싶지 않아 내심 교육학과에 꼭 붙길 바랐는데 어려운 선택지만 남으니 당혹스러웠다. 교사를 꿈꾸기도 했으니 시각장애인에게 가장 보편적인 길인 특수교육학과를 가는 게 맞는 선택 같다가도, '경영학과는 어차피 시각장애인이 못 간다'는 말에 오기가 발동하기도 했다. 마지막의 마지막까지 고민은 끝나지 않았고, 그사이 많은 선생님과 주변 어른들은 사회복지학과와 특수교육학과에 가라고 계속 설득했다. 하지만 그러면 그럴수록, 경영학과를 향한 어떤 끌림 같은 것이 강렬하게 느껴졌다.

'경영학과를 가는 데 수학이 걸림돌이 된다지만 나는 수학을 좋아하잖아. 그럼 괜찮은 거 아닌가?'

최종 결정의 날, 나는 건국대학교 경영학과 입학을 선택했다.

☼

경영학과 입학을 결정한 뒤로도 이게 맞는 선택일까 하는 생각이 몇 번이고 들었다. 하지만 이제까지 살아온 날들을 돌아봤을 때 인생에서 쉬운 일은 아무것도 없었다. 예상대로 흘러갔던 것 역시 없었다. 그리고 그 예상치 못한 상황들은 언제나 나를 또 다른 예상 밖의 좋은 상황으로 데려다주었고, 나는 그 속에서 성장했다. 그러니 내가 내린 선택에 후회하지 말자, 거듭 스스로를 다독였다.

살면서 가장 듣고 싶었던 말이 있다.

"걱정하지 말고 네가 하고 싶은 일을 마음껏 해."

걱정도 많고 눈치도 많이 보던 나에게 그 한마디는 가장 든든하고 힘이 되는 격려였다. 앞에서 누군가 함께 가고 있다는 생각이 들 때면 발걸음은 더 가벼워졌다. 내가 느낀 그 기분 좋은 감정을 다른 누군가도 함께 느꼈으면 했다.

이게 내가 경영학과를 선택한 가장 큰 이유다. 나는 나뿐 아니라 다른 사람들도 남과 다른 조건을 가졌다 해서 뭔가를 꿈조차 꾸지 못하는 상황이 없었으면 한다. 나 하나가 가지 않은 곳을 간다고 크게 달라지지 않을 수 있겠지만, 앞서 걸은 한 명이 있다면 그 뒤의 한 명은 조금 더 가벼운 발걸음으로 하고 싶은 것을 선택할 수 있지 않을까. 그 작은 것들 하나하나가 모여 더 큰 변화가 일어날 거라고 나는 믿는다.

인생에서 쉬운 일은 아무것도 없었다.
예상대로 흘러가는 일 역시 없었다.
그리고 그 예상치 못한 상황들은 언제나 나를
또 다른 예상 밖의 좋은 상황으로 데려다주었고,
나는 그 속에서 성장했다.

나의 이상하고
쓸쓸한 면접기

　대학 입시 면접을 며칠 앞두고 나는 열심히 면접 준비에만 집중했다. 내가 쓴 자기소개서를 계속해서 읽으며 예상 질문을 정리하고, 방과 후에는 일주일에 한 번씩 교육 봉사를 하러 오는 대학생 선생님과 함께 전공 관련 예상 질문을 찾아보며 꼼꼼히 준비해나갔다. 준비해둔 예상 질문들에 대한 나의 답변은 스스로 생각하기에도 만족스러웠다. 물론 예상한 질문만 나오지는 않겠지만 이렇게 열심히 준비했으니 다른 질문을 받아도 잘 응용해서 답할 수 있을 것 같았다.

　함께 준비하는 대학생 선생님에게도 수없이 질문했다.

　"대학 면접 많이 어려워요?"

"예상 못 한 질문도 많이 받게 될까요?"

"선생님도 면접 볼 때 많이 떨렸어요?"

면접이란 걸 한 번도 본 적이 없는 나는 궁금한 것이 끝도 없어서 먼저 대학에 들어간 친구들에게도 연락해 이것저것 물었다. 사람들의 대답은 크게 다르지 않았다. 학교마다 조금씩 차이가 있겠지만 예상 못 한 질문이 나올 때도 있으니 모의 면접을 많이 해보면 자기만의 노하우도 생기고 떨리는 것도 덜할 거라고 했다.

☼

드디어 면접 날이 되었다. 대기실에 많은 사람이 있다는 걸 소리로 알 수 있었다. 작은 소리로 준비한 답변을 외는 사람부터 큰 소리로 자기소개를 연습하는 사람까지 다양했다. 진짜 면접이 가까워졌다는 게 실감 나며 심장이 두근거렸다. 엄청 떨릴 것 같았지만 막상 면접을 앞두니 긴장되는 마음보다 '어서 내가 준비한 걸 이야기하고 싶다'는 두근거림이 더 컸다.

내 이름이 호명되고 나는 안내를 받으며 면접실로 들어

가 자리에 앉았다.

'어떤 어려운 질문이 들어와도 문제없어.'

인기척이 들리는 곳을 향해 미소와 함께 한 번씩 바라봤다.

예상한 질문만 받지는 않을 거란 걸 알고는 있었지만, 내게 날아온 첫 번째 질문은 내가 생각한 '예상 밖의 질문'의 범주에서도 크게 벗어난 내용이었다.

"김한솔 학생은 시각장애인인데 학교 잘 다닐 수 있겠어요?"

당황스러운 한편, '시각장애인이 처음이어서 걱정될 수도 있겠지' 생각했다. 그리고 내가 어떻게 지하철을 타고 원하는 곳을 자유롭게 다닐 수 있는지 설명하고 학교를 다니는 것이 크게 어려운 일이 아니라고 자신 있게 말했다.

그러나 이후로도 비슷한 질문들이 계속 이어졌다.

"그럼 학교에 오면 밥은 어떻게 먹나요? 도와주는 사람이 오는 건가요?"

"공부는 할 수 있어요?"

어느새 나의 대학 면접은 점점 '장애인 인식 개선 강연

회'가 되어가고 있었다(어쩌면 이때부터 유튜브 준비가 시작되고 있었는지도 모르겠다).

나는 내가 그동안 어떻게 일상생활을 해왔는지, 그 과정에서 어떤 어려움이 있었는지, 그걸 극복하는 나만의 방법으로 어떤 것들이 있었는지 자세히 설명했다. 학과 지원 동기에 대한 질문은 그 후에야 들어왔다. 드디어 내가 준비한 게 시작되는구나, 생각하며 자신 있게 준비한 답변을 했고, 면접은 그렇게 끝이 났다.

오랜 시간 면접 준비를 했지만 내가 준비한 것은 실제 면접에서 극히 일부밖에 필요하지 않았다. 어째서 일상생활에 대한 궁금증이 면접의 주된 내용이 되는 건지 의아했다. 공부하는 것이 가능하다는 건 내가 제출한 내신 성적으로 판단할 수 있을 테고, 학교에서 밥을 먹을 수 있는지 없는지가 입학과 무슨 관계가 있는 건지 알 수 없었다. 면접장을 빠져나오며 찝찝한 마음을 감출 수가 없었다. 게다가 그 학교는 이미 매년 장애 학생을 뽑아온 곳이었다.

그 후 다른 대학 면접들에서는 모든 지원자에 대한 공통 질문들이 준비되어 있어서 내 일상생활에 대한 질문만으로 진행되지는 않았다. 물론 시각장애인인 나에게 추가적인 질문이 있긴 했지만 첫 면접에서 겪은 게 있으니 자연스럽게 답할 수 있었다.

면접장에 오기까지는 장애인, 비장애인 할 것 없이 누구나 땀 흘리는 노력의 시간이 있었을 것이다. 그 모두는 그 자리에서 자신의 능력과 가능성을 이야기할 권리가 있다. 매년 장애 학생을 만날 때마다 기본적인 생활에 대해서만 묻는 면접관이라면 면접관이 가져야 할 자질에 대해 다시 한 번 고민하는 시간을 가져야 하지 않을까 싶다.

☼

대학 졸업을 앞두고 한국과 미국의 장애인들 직업의 다양성을 알아보기 위해 준비하고 있을 때 일이었다. 미국에 가기 전 한국의 한 시각장애인 박사님을 직접 인터뷰했는데, 그때 들은 이야기가 참 인상적이었다.

그는 미국에서 박사 과정을 거쳐 처음 한국으로 들어와 교수 임용 면접을 보게 되었다고 했다. 원하는 공부를 하기 위해 미국으로 유학까지 가서 열심히 공부했고, 박사 과정을 수료한 곳은 미국에서도 해당 전공으로 유명한 곳이었다. 하지만 한국 교수 임용 면접은 자신의 생각과 달라도 너무 달랐다고 한다.

그가 면접에서 처음 들은 질문은 학생들에게 어떻게 강의를 할 것인지나 전공에 대한 것이 아닌 기본적인 생활에 대한 질문들이었다. 그 질문은 내가 첫 대학 면접에서 들은 것들과 크게 다르지 않았다.

"혼자 출근하실 수 있으신가요?"

혼자 태평양 건너 미국까지 가서 몇 년을 공부하고 왔는데 왜 이런 걸 묻는지 당황스러웠다고 그는 말했다. 자세한 이력을 서류로 제출하고 보는 면접인데 말이다.

그 후로도 능력을 알아보는 것과는 전혀 무관한 질문들이 이어졌다.

"혼자 출석은 부르실 수 있나요?"

면접이 계속될수록 그는 '한국에서 장애인이 직업을 갖기란 참 쉽지 않겠구나'라는 걸 느꼈다. 남들은 능력을 평가받을 때 장애인은 기본 생활이 가능한지 여부만을 평가받는 현실이 얼른 바뀌길 바란다고 했다.

이 이야기를 들으며, 그가 면접을 보던 당시와 지금의 현실이 거의 달라지지 않았다는 사실에 씁쓸해졌다. 이 현실을 꼭 변화시키고 싶었다. 그리고 그걸 위해 나는 뭘 해야 할까 고민했다.

최근 믿기 힘든 기사를 읽었다. 한 대학교에서 시각장애인 학생의 만점에 가까운 점수를 조작해서 불합격시켰다는 기사였다. 공개된 녹취록에서는 한 남자가 '시각장애인이 무슨 교사를 하냐'며 점수를 최하점으로 낮추라고 지시를 내리고 있었다. 내가 면접을 본 지 몇 년 뒤에도 현실은 전혀 달라지지 않았고, 오히려 문제가 수면 밖으로 더 적나라하게 드러난 것이다.

장애인이라는 이유로 원하는 공부와 직업을 선택할 수 없다는 건 어디에서 오는 믿음일까. 더 이상 누군가의 잘못된 믿음에 대하여 씁쓸한 마음만을 품고 있지 않기로 했다. 그리고 내게는 결심을 실천으로 옮길 의지와 용기도 있었다. 나는 유튜브 영상을 통해 불합리한 상황들을 전하고, 모두가 함께 새롭고 올바른 인식을 만들어나가는 데 일조했다. 내 이야기에 깊이 공감하고 뜨겁게 반응해주는

사람들을 보며 감사함을 느끼는 동시에, 누구나 자유롭게
꿈꿀 수 있는 사회는 불가능한 일이 아님을 확인했다.

혼란과 대환장의
대학 생활 적응기

계획보다 늦었지만 드디어 꿈에 그리던 대학에 입학했다. 내게 대학은 다양한 경험과 사람들을 만나고, 듣고 싶은 수업을 자유롭게 선택해서 듣는 낭만의 터전이었다. 어릴 때부터 정해진 틀 안에서 공부하는 걸 싫어하고 새로운 일에 흥미를 많이 가졌던지라 대학에 대한 기대가 상당히 컸다. 좋은 대학을 가야 한다는 생각보다는 그저 대학에 가보고 싶다는 생각뿐이었다.

점자를 배우고 3년간의 공부 끝에, 담임선생님께서 모니터에 적힌 합격 발표를 읽어주던 순간을 잊을 수가 없다. "합격을 축하드립니다"라는 말을 듣고도 믿을 수가 없었다.

'내가 정말 몇 달 뒤에 대학생이 된다고?'

신입생 오리엔테이션 날이 되어서야 겨우 실감이 났다. 시각장애인이 되고 거의 4년 만에 다시 세상 밖으로 나가는 순간이었다. 4년간 장애에 대해 많이 배우고 받아들였으니 사람들을 만나도 자신 있게 행동할 수 있을 거란 확신도 있었다. 다시 사람들과 함께 지낼 나의 모습을 생각하니 기대감에 가슴이 뛰었다.

☼

맹학교 졸업식과 신입생 OT 날짜가 겹쳐서 나는 하루 늦게 OT에 참석했다. 단 하루라도 참석하고 싶은 마음에 혼자서 기차를 타고 OT 장소로 향했다. 내가 입학한 경영학과는 신입생만 무려 3백 명이었고 OT는 스무 개 조로 나눠 진행되고 있었다. 내가 속한 조는 나까지 열다섯 명이었는데, 뒤늦게 합류한 나는 무얼 하고 있는지 분위기를 파악하기 바빴다.

학생들은 줄곧 게임하고 술을 마시며 친해지는 자리를

이어가고 있었고, 나는 눈치껏 그 속에 껴서 무릎과 손뼉을 치며 열심히 박자를 맞춰나갔다.

한참의 시간이 흘렀을 때, 뭔가 이상하다는 걸 느꼈다. 모두가 벌칙에 걸리고 취해가는 상황 속에서 나는 단 한 번도 벌칙에 걸리지 않았고 내 차례도 오지 않았다. 모두 약속한 듯 자연스럽게 내 차례를 건너뛰고 있었던 것이다. 손짓과 눈짓으로 진행되는 게임을 시각장애인인 내가 하기란 쉽지 않았다.

분위기가 달아오르자 팀 대항전으로 술 게임이 시작됐다. 팀에서 가장 나이 많은 사람이 앞으로 나오라고 했다. 또래보다 늦게 진학한 내가 당연히 우리 조에서 제일 나이가 많았고, 나는 드디어 기회가 왔다 싶었다. 당당히 나가서 가위바위보를 했고 내가 술을 마시는 벌칙에 걸렸다.

시원하게 원샷을 하려던 그때, 누군가 소리쳤다.

"안 돼요! 그분 시각장애인이에요!"

소란스럽던 분위기가 순식간에 조용해졌다. 나는 먹을 수 있다고 말했지만 많은 사람이 나서서 만류하기 시작했다. 내가 계속 먹겠다고 고집 피우는 게 이상한 상황이 되어가고 있었다. 숙연한 분위기 속에서 나는 결국 술잔을 내려놓고 자리로 돌아왔다.

머릿속이 혼란스러웠다. 누구보다 친구들과 잘 어울릴 수 있을 거라 자신했고 준비는 다 되었다고 생각했는데 어디부터 잘못된 걸까. 모두가 술에 취해 머리가 아픈 그 시각, 나는 혼자만의 고민으로 머리가 아파왔다. 그렇게 예상과 다른 대학 생활이 시작되었고, 이것은 단지 시작에 불과했다.

　　　　　　　　☼

시각장애인이 공부하기 위해서는 텍스트로 된 문서 파일과 점자 도서가 필요하다. 그래서 나는 늘 내가 수강 신청한 과목들의 책을 미리 구입해서 복지관에 보내야 했다. 2월에 책을 보내면 4월 중간고사쯤이 되어서야 책을 받아 볼 수 있을 정도로 준비 시간이 오래 걸리기에 과목별로 필요한 과제가 뭔지 최대한 빨리 알아야 했고, 그래서 교수님들께 직접 메일을 써서 어떤 교재를 사용하시는지 여쭤봤다. 또 수업 시간 사용되는 PPT 자료를 볼 수가 없기 때문에 추가적으로 강의 자료를 보내주실 수 있는지도 함께 여쭤봤다. 그러자 교수님들 중 몇몇은 자기 과목 말고 다른 과목을 듣는 것이 어떻겠냐 물었다. 시각장애인이 본 과목을 듣기는 어려울 거라는 이야기였다. 남들과 똑같이 수능을 보고 심지어 수학까지 거뜬히 풀어낸 나로서는 이해하기 어려운 말이었다. 오히려 수학적인 계산이 필요한 다른 과목의 교수님은 함께 방법을 찾아보자고 하셨는데, 이론 중심의 과목 교수님이 그런 말을 하니 납득하기가 어려웠다. 어떤 교수님은 메일에 답장이 없었고, 어떤 분은 강의 자료를 줄 수가 없다고 해서 급히 다른 수업을 찾아야 했다.

대학에 가면 듣고 싶은 수업을 마음껏 들을 수 있을 거라 한껏 기대했던지라 이런 상황들에 나는 적잖이 허탈했다. 교수의 재량에 의해 수업을 듣고 못 듣고가 결정되는 상황이 너무나 답답했다. 그때, 맹학교 선생님께서 대학교에 장애학생도우미 제도가 있을 거라고 말씀해주신 것이 생각났다. 도우미가 있다면 그때그때 필요한 강의 자료를 타이핑해줄 수도 있을 거고 아직 낯선 강의실 건물과 강의실 위치를 외우는 데도 도움을 받을 수 있을 것 같았다.

나는 장애학생지원센터로 가서 장애학생도우미 제도를 이용하고 싶다고 말했다. 그러자 담당 선생님은 나에게 직접 도와줄 친구를 구해 오라고 했다. 잘못 들은 건가 싶어 "저보고 학생을 구해 오라는 말씀이신가요?"라고 되묻자, '원래 장애 학생이 직접 구해 오는 것'이라고 그는 말했다. 나라에서 운영하는 장애인 활동 지원 서비스도 그렇고 다른 대학의 도우미 제도를 알아봐도 장애 학생이 직접 도우미를 구해야 한다는 얘기는 없었다. 난감했다. 이제 막 입학해 누가 누군지도 모르는 상황에 어딜 가서 누굴 구해 온단 말인가.

아직 수업 하나 듣지도 않았는데 나는 이미 지칠 대로 지쳐가고 있었다. OT, 수강 신청, 도우미 신청까지 뭐 하나 쉬운 일이 하나도 없었다.

나는 내 상황을 하나하나 다시 설명하며 학교 차원에서 장애학생도우미를 구해줄 것을 요청했고, 다행히도 요청은 받아들여졌다.

도우미 학생들의 역할은 근로 장학생으로 근무하며 내가 학교생활을 하면서 필요한 것들을 보조해주는 것이다.

아직까지 캠퍼스 길을 익히지 못한 나는 강의실을 찾는 것과 수업 시간 중 시각적인 정보에 대한 설명을 듣는 것, 필기 보조 및 교재 타이핑의 도움을 받기로 했다.

드디어 도우미 학생과 약속한 날이 다가왔다. 우리는 수업 시작 10분 전에 만나기로 했다. 그런데 수업 시간이 가까워질 때까지 도우미 학생은 나타나지 않았고 연락도 되질 않았다. 다행히 사람들에게 물어물어 강의실까지 갈 수 있었지만 지각은 피할 수 없었다.

나중에 장애학생지원센터에서 전하길, 도우미를 하기로 한 학생이 힘들 것 같아 취소를 했다고 했다. '봉사활동도 아니고 정당한 급여를 받고 하는 일인데 어째서일까' 하는 생각도 들었지만, 그에 앞서 '적어도 나를 먼저 만나 이야기를 나눠봤더라면 어땠을까' 하는 아쉬움을 떨칠 수 없었다.

어떻게 하면 이 학교에서 장애에 대해 함께 이야기할 수 있을까. 대학에 오면 찬란한 날들이 펼쳐질 줄 알았는데 입학 전보다 더한 고민들만 하루하루 깊어갔다.

시간이 흘러 나는 다행히 좋은 도우미 친구들을 만났고, 우리는 도우미와 시각장애인의 관계를 넘어 마음을 나누는 친구가 되었다.

어느덧 첫 중간고사 시험 날이 되었다. 남들이 어려울 거라 했던 경영학과에서의 첫 시험을 꼭 잘 치러내고 싶었고 나름의 자신도 있었다.

시각장애인의 경우 시력의 정도에 따라 시험 방식이 조금 달라진다. 점자와 음성 혹은 확대 글자를 사용해 시험을 보고, 어떤 방식으로 보느냐에 따라 차등의 추가 시간을 부여받는다. 수능을 예로 들면 점자와 음성을 사용하는 학생의 경우 1.7배의 시간을 더 받게 된다. 눈으로 바로바로 문제를 확인하며 푸는 것과는 차이가 있기 때문에 수능 외 국가시험을 볼 때도 이런 방식이 적용된다.

문제는 중간고사의 첫 번째 과목에서 발생했다. 나는 시험 일주일 전에 교수님께 시험을 어떻게 보면 되는지, 추가 시간을 받을 수 있는지에 대한 문의를 드렸고, 단칼에 '안 된다'는 답변을 받았다. 혼자만 추가 시간을 받으면 형평성에 어긋난다는 게 그 이유였다. 다른 과목들은 전부 추가 시간을 받고 수능과 같은 방식으로 풀기로 했다고 말씀드려도 소용이 없었다. 장애학생지원센터에 가서 건의하자 직원들은 '어떻게 해줄 수 있는 방법이 없다'고 했다. 어째서일까. 장애학생지원센터란 장애 학생이 교육을 받는 데 어려움이나 불이익을 당하지 않도록 지원하는 곳이 아니었던가.

결국 나는 책을 한 글자도 빠짐없이 달달 외울 기세로 공부해서 '형평성 있는' 시험을 치렀다. 제대로 푼 건지 검토할 겨를도 없이 마지막 문제까지 숨가쁘게 풀어서 답안지를 제출해야 했다. 수능을 뛰어넘는 긴장감이었다. 시험이 끝남과 동시에 내가 대학에 공부를 하러 온 건지, 부탁과 설득을 하러 온 건지 모르겠다는 생각이 들었다. 그의 말대로 형평성을 위해 모두 같은 조건에서 시험을 치러야 한다면 다 같이 눈을 가리고 귀로만 들으며 문제를 풀어야 하는 것 아닐까.

입학한 지 몇 달도 채 되지 않았는데 몇 년은 다닌 듯한 기분이 들었다. 내가 원한 것과 전혀 다른 경험이 이어지고 있었지만, 이 경험은 나를 예상치 못한 방향으로 이끌고 있었다.

☼

학교생활에 지쳐 있는 나에게 친구 소희가 말했다.

"이런 건 학교에서 알아서 해줘야 되는 거 아냐? 너도 이 학교 학생이잖아."

그 말을 듣자 문득 '이 학교에 장애인이 나밖에 없진 않을 텐데 다른 사람들은 어떻게 지내고 있을까' 하는 생각이 들었다. 이 서바이벌장과도 같은 학교에서 다른 장애 학생들은 어떤 생활을 하고 있는지 알고 싶었다. 그때부터 '교내 장애 학생 찾기' 프로젝트가 시작됐다.

나는 소희에게 말했다.

"지나가다든 수업 시간에든 장애 학생인 것 같은 사람이 보이면 바로 말 걸고 나한테도 알려줘."

그리고 매 학기 장애학생지원센터에서 열리는 장애학생간담회에도 참여해서 한두 명이라도 새로운 누군가가 보이면 먼저 인사하며 말을 붙였다.

처음 우리의 모임은 나와 소희 그리고 다른 친구들 두 명까지 총 네 명이서 시작됐다. 모임 안에서 장애인은 나혼자였지만 시간이 지나면서 다른 장애 학생들이 한 명, 두 명 들어왔고, 우리는 서로의 학교생활에 대해 이야기를 나누며 함께 화를 냈다가 안타까워했다가 웃기도 하면서 진한 공감의 시간을 보냈다.

시각장애인으로서 나와 비슷한 경험을 했던 친구도 있는 한편, 다른 장애를 가진 친구들은 또 다른 형태의 어려움을 겪고 있었다. 휠체어를 탄 친구의 경우 강의를 신청하고 건물에 수업을 들으러 갔더니 엘리베이터가 없어 그 수업을 취소해야만 했고, 한 청각장애 학생은 교수님의 말을 다 알아듣기가 어려워 속기사의 도움을 요청했는데 예산이 부족하다는 이유로 지원받지 못해 결과적으로 수업을 제대로 들을 수 없었다고 했다.

내가 학교에서 '제대로 공부하고 있는 게 맞는 걸까' 생각했듯 그들 모두 비슷한 상황 속에서 비슷한 생각을 하고 있었다. 모임에는 점점 장애 학생뿐 아니라 장애인권에 관심 있는 비장애 학생들도 하나둘 모여들었다. 네 명의 멤버로 시작한 모임은 그렇게 마흔 명에 달하는 모임으로 성장했고 우리는 학교에서 더 많은 활동과 목소리를 내고자 동아리 개설을 신청했다. 그렇게 장애인권 동아리 '가날지기'가 탄생했다.

또 하나의 기적,
우리의 첫 무용 공연

나에겐 누군가에게 보이고 싶지 않은 물건이 하나 있었다. '케인'이라고 불리는, 시각장애인이 길을 다닐 때 쓰는 흰 지팡이다. 케인은 나의 장애를 누군가에게 드러내는 물건 같아 부끄럽고 숨기고 싶은 존재였다. 지팡이를 손에 쥐는 순간 사람들이 나를 동정의 대상으로 바라볼 것 같았기 때문이다.

대학에 들어가고 넓은 캠퍼스를 외우고자 복지관에서 흰 지팡이로 캠퍼스의 길을 알려주는 프로그램에 참여한 적이 있었다. 나는 며칠간의 훈련을 통해 잔존 시력과 흰 지팡이를 이용해 내가 다니게 될 주요 건물들의 위치를 어느 정도 외울 수 있었다. 그리고 앞으로 자유롭게 캠퍼스를 누빌 내 모습을 흐뭇하게 상상하며 개강 전 모이는 모든 학과 모임에 참여했다. 하지만 그곳에서의 경험들은 내가 한동안 흰 지팡이를 멀리하는 계기가 되었다.

☼

학과 학생이 모두 모인 곳에서 자기소개를 하는 시간, 나는 누구보다 씩씩하게 나를 소개하며 내가 시각장애인인 걸 밝혔다. 모두가 알아야 오해가 발생할 일도 없고 필요한 경우 도움도 청할 수 있을 거라 생각했다. 그런데 말을 끝내자마자 예상 밖의 정적이 찾아왔다.

'하지 말아야 할 얘길 해서 사람들을 불편하게 한 걸까.'

너무나 조심스럽게 나를 대하는 친구들의 행동들을 보며 한 번 더 당황했다. 덩달아 나까지 그들의 시선을 의식하기 시작했다.

친구들의 표정이 궁금했지만 알 방법이 없었다. 그저 '이 미묘한 분위기가 TV 속 불쌍한 이미지의 장애인을 나를 보며 떠올려서일까' 어림짐작할 뿐이었다.

지금 생각해보면 나 역시 장애를 얻고 비장애인 친구들

과 함께하는 것이 처음이라, 너무 긴장한 나머지 예상과 조금만 다른 반응이 나와도 좋지 않은 생각을 했었던 것 같다. 그건 친구들도 마찬가지였을 것이다. 처음으로 장애인을 만난 상황에서 그들은 어쩌면 나보다 더 머릿속이 복잡했을지도 모른다. 시각장애인은 어떻게 대해야 하는 건지, 혹시 무슨 실수를 하게 되지는 않을지 걱정되었을 테니 말이다.

시간이 흘러 이날을 회상하면서 친구들은 처음 나를 보고 했던 생각들을 들려주었다. 나의 짐작이 맞았다. 당시는 사람들이 나를 보며 그런 생각을 할 거란 생각을 하지 못했다. 더 이상 내게 장애는 특별한 것이 아니었기에 아무렇지 않게 말할 수 있었고, 장애가 관계 맺기의 걸림돌이 될 거라곤 생각지 못했다.

그 후 비슷한 상황들이 몇 번 반복되면서 나는 손에 들린 케인을 만지작거리며 고민하곤 했다.

'장애를 드러내는 것이 사람들과 관계를 맺는 데 좋지 않은 영향을 미치는 걸까.'

하지만 얼마 지나지 않아 뜻밖의 상황을 마주하며 케인에 대한 나의 생각은 180도 달라졌다. 내 손에 들린 케인은 나를 자유롭게 해주고 사람들 앞에서 당당히 설 수 있게 해주는 물건이라고 자신 있게 말할 수 있게 된 것이다. 내가 이렇게 케인을 다른 시각으로 바라볼 수 있게 된 건 평생 잊지 못할 어떤 도전의 경험 때문이었다.

☼

유명한 현대무용가 안은미 선생님이 맹학교 측으로 특별한 제안을 해오셨다. 시각장애인들과 함께 그들의 삶을 춤으로 표현해보고 싶다는 제안이었다. 당시 나의 대학 생활 이야기를 들으며 조언해주시던 맹학교 선생님을 통해 이 소식을 전해 들었는데, 제일 처음 든 생각은 '그게 어떻게 가능하지?' 하는 의심이었다. 무용을 했다는 시각장애인은 본 적도 들은 적도 없었다. 공연을 하려면 안무도 익혀야 하고 무대 동선도 익혀야 하는데 보지 않고 그게 어떻게 가능할까 싶었다. 더군다나 전문 무용수들과 함께 무대에 서게 된다니, 도무지 그 모습이 그려지질 않았다.

생전 춤이라곤 춰본 적도 없는 내가 무용을 한다는 게 터무니없는 일 같기도 했지만 호기심을 자극하는 일이기도 했다. 그렇게 여섯 명의 시각장애인과 여덟 명의 무용수의 연습이 시작됐다. 약간의 의심 속에서 시작된 무용 연습은 첫날부터 나의 예상을 뒤흔들었다.

선생님은 우리에게 봉과 빗자루 같은 것들을 쥐여주며 음악을 틀더니 자유롭게 춤을 춰보라고 했다. 내 몸은 마치 누군가 꽉 붙잡고 있는 것처럼 굳었고, 이 순간이 어서 끝나기만을 기다렸다. 나머지 사람들도 나와 별반 다르지 않았나 보다. 선생님은 '엉성하다고 생각 말고 그냥 너희의 자연스러운 몸의 움직임을 보여주면 된다'고 했다. 그 동작들은 우리만이 보여줄 수 있는 움직임이며 그 자체로도 너무 멋있고 아름답다고. 몸을 움직이려고 할 때 부끄러운 것은 우리가 남들의 시선을 지나치게 의식하기 때문이고 그러다 보면 움직이는 게 점점 더 어색해지는 거라고. 대학에서 겪었던 일들이 떠올랐다. 사람들의 시선을 의식했던 그때의 나로부터 지금의 나까지, 조금도 달라지지 않았구나.

사람들의 시선을 의식하게 되면서부터 나는 과거에 꿈꾸었던 대학 생활이 불가능하지 않을까 걱정하곤 했다. 무용을 배운다는 얘길 들었을 때도 해보기 전부터 '불가능하지 않을까?' 단정 지었다.

더는 남들을 신경 쓰느라 나 자신을 가둬놓고 싶지 않았다. 자유로워지고 싶었다.

'내가 하고 싶은 일을 하는데 남의 시선이 크게 중요할까? 세상이 나를 잘 모른다면 내가 원하는 대로 표현하고 자유롭게 내 모습을 보여주면 되는 거 아닐까?'

그게 가능한지 불가능한지는 더 이상 내가 관심 둘 일이 아니었다. 그저 내가 하고 싶은 일에만 집중하기로 했다. 세상이 바뀌기를 기다리는 대신 나 자신이 바뀌는 것을 선택했다. 그 순간 무용 연습에 대한 부담과 의심이 사라졌다. 대신 내가 표현할 수 있는 것들을 마음껏 표현해보고 싶다는 생각에만 몰입했다.

이 과정은 마치 나도 모르던 내 안의 다른 나를 발견하는 시간과도 같았다. 내게 이렇게 자유로운 모습이 있었다니. 뻣뻣한 나의 몸은 흡사 길거리의 흐느적거리는 풍선인형 같았지만 그런 움직임조차 멋있게 느껴졌다. 오롯이 나의 시선으로 나를 바라보는 낯선 경험이었다.

☼

　시각장애인과 무용수인 우리는 서로가 서로에게 처음인 것들이 많아 어려움도 있었지만 함께 이야기하고 서로 맞춰가며 조금씩 나아갔다. 무용수들은 각각 한 명씩 우리의 몸을 잡아주고 함께 움직여나가며 안무와 동선을 가르쳤고, 우리는 파트너의 정지된 몸동작을 손으로 만져보는 등 우리 방식대로 자세를 익혀나갔다. 동선을 걸음 수로 외워야 하기에 시간이 하염없이 오래 걸렸지만, 그 시간을 통해 타인을 너무 의식하지 않음으로써 오는 자유로움, 뭘 하든 이젠 못할 것도 없다는 자신감을 얻어갔다. 그리고 마침내 시각장애인, 무용수 할 것 없이 모두가 케인으로 무대를 치며 돌아다니는 안무를 완성해냈다. 거의 두 달째 매일 일곱 시간 이상 연습해 얻어낸 쾌거였다.

　드디어 무대를 선보이는 날이 왔다. 우리는 올림픽 경기장 천 명가량의 관객 앞에서 3일간의 공연을 성황리에

마쳤다. '세계 최초 시각장애인 무용수들'이라는 타이틀의 공연 기사를 봤을 때, 공연을 보러 오신 분들의 울고 웃는 소리와 박수 소리를 들을 때의 심경은 정말이지 말로 표현할 수가 없다.

이 공연으로 우리는 프랑스와 독일까지 초청되어 2주간의 유럽 공연까지 다녀왔다. 불가능하지 않을까 생각하며 시작했던 우리의 시간은 그 어떤 것과도 바꿀 수 없을 경험이 되었다. 무대 위에서 시각장애인의 스토리를 가지고 마음껏 나 자신을 표현할 수 있었던 이 시간은 내 안에 잠들어 있던 가장 큰 자신감을 발견시켜준 꿈같은 시간이었다.

만약 내가 남들의 시선을 의식하면서 장애 때문에 하고 싶은 것을 하지 못하고 뭐든 불가능한 일로 치부했다면, 내 삶은 아마 아래로만 달려가는 롤러코스터와 다르지 않았을 것이다. 하고 싶은 일에 오롯이 집중하자 나는 어디든 내가 가고 싶은 곳으로 갈 수 있었고, 그건 마치 롤러코스터 조종수가 된 기분이었다.

세상에 해보지 않고 불가능하다고 단정 지을 수 있는 일은 없다. 또 어딘가에서 자기소개를 하게 된다면 나는 다시 대학에서와 같은 상황을 겪을지도 모른다. 하지만 그 상황은 더 이상 나를 당황시키지도, 관계를 두려워할 이유가 되지도 않을 것이다. 오히려 그것은 또 하나의 좋은 관계의 시작이 될 거라고 확신한다. 모르면 서로 알아가면 그만이고, 그건 내가 가장 반기는 일이기도 하다.

나는 여전히 사람들에게 나를 소개하고 싶고, 나의 모습을 마음껏 표현하고 싶다. 하고 싶은 것에 집중하며 산다는 것이 얼마나 즐겁고 신나는 일인지 많은 사람과 이야기하고 싶다. 앞으로 또 얼마나 많은 하고 싶은 일이 생겨나게 될까. 성공과 실패, 가능과 불가능을 넘어 끝없이 도전하는 나의 삶은 매일이 설레는 소풍이다.

하고 싶은 일을 하는데
남의 시선이 중요할까?

장애인 직업 찾기 대장정,
뉴욕에 가다

　세상엔 정말 다양한 직종이 있지만 한국 사회에서 장애인이 가질 수 있는 직업은 한정적이다. 시각장애인인 내가 택할 수 있는 직업의 개수는 한 손에 꼽을 정도로 적었다. 한국에서는 대부분이 안마사로 일하고 있었고, 그 외엔 공무원이나 사회복지, 특수교사가 대부분이었다.

　나는 가냘지기 친구들과 함께 고민했다.

　'왜 장애인은 이렇게 한정적인 직종에만 종사할 수밖에 없는 걸까.'

　그 고민의 실마리를 찾기 위해 우리는 '드림팀'이라는 대외 활동에 지원해 뉴욕 여행 프로젝트를 추진했다. 프로젝트 주제는 '장애인 직종 다양성'.

여행을 떠나는 날, 아침 일찍이 친구들을 만나 발걸음을 재촉했다. 점점 빨라지는 발걸음과 함께 나의 심장도 기대와 설렘으로 가득 찼다. 새로운 공간, 새로운 세상에서 펼쳐질 8박 10일간의 여정이 나를 들뜨게 한 것일 수도 있고 나와 같은 마음으로 뜻을 함께해준 친구들 덕분에 더 고양됐던 건지도 모르겠다.

인천공항으로 향하는 공항버스에 올라타 차창에 머리를 기대고 생각했다.

'이 친구들이 아니었다면 이런 여행은 꿈도 꾸지 못했겠지.'

'나무 그늘 밑 잠시 쉬어가는 곳'이라는 뜻의 '가날지기'라는 이름처럼, 우리는 그 속에서 장애인, 비장애인 모두가 어우러져 서로의 생각을 공유하고 서로에게 마음을 기대어왔다.

☼

오랜 비행을 마치고 뉴욕 공항에 착륙하는 순간 심장은 다시 빠르게 뛰기 시작했다. 과연 이곳에서 어떤 새로운 일들이 우릴 기다리고 있을까. 무엇을 느끼고 한국으로 돌아가는 비행기에서 어떤 생각을 하게 될까. 앞으로의 8박 10일이 너무나 기대됐다.

공항에 도착하자마자 내 몸의 온 감각을 깨우기 시작했다. 호기심과 기대가 오랜 비행으로 인한 피로까지 잊게 했다. 한국보다는 습기가 없는 날씨, 묘하게 다른 도심 속 공기 냄새까지 그곳의 정보를 몸 그 자체로 기억하기 위해 노력했다.

처음엔 내가 뉴욕에 왔다는 게 잘 실감 나지 않았다. 자동차 경적, 사이렌 소리 그리고 온몸으로 느껴지는 뜨거운 햇살까지 내가 지내던 서울과 크게 다르지 않았기 때문이다. 하지만 주변에서 영어로 대화하는 소리가 들려오고 난생처음 타본 우버 안에 휠체어석이 있는 것을 확인하며 여기가 한국이 아니라는 걸 점점 실감했다. 다양한 형태의 건물들, 사람들의 독특한 패션, 엠파이어 빌딩을 지나고 있다는 친구들의 설명을 들으며 내가 진짜 뉴욕 한복판에 있다는 실감이 점점 더해졌다. 동시에 '어떻게 하면 나도 이 뉴욕을 더 잘 느끼고 즐길 수 있을까'를 계속 궁리했다. 내 계획은 단순했다. 이곳에 있는 동안만큼은 뉴요커가 되었다 생각하고 지내보자. 그렇게 나의 일상은 뉴욕에 스며들었다.

　아침에 눈뜨면 제일 먼저 베이글집으로 향했다. 따뜻한 베이글과 함께 커피로 하루를 시작했다. 뉴욕을 돌아다닐 때는 함께 간 친구들에게 거리에 대한 설명을 들었다. 자유의 여신상, 타임스퀘어, 브로드웨이의 아름다운 풍경들. 어딘가를 이동할 때는 대중교통을 이용하며 한국과의 차이가 무엇인지 느낄 수 있었다. 보이지 않아도 나만의 방식으로 누구보다 뉴욕을 잘 즐기고 있었다. 그렇게 우리의 프로젝트도 본격적으로 시작됐다.

　이곳 뉴욕에서 우리는 다양한 장애인을 만났다. 만남이 다가올수록 호기심과 기대감이 커져갔다.
　'이곳 장애인들은 어떻게 살아가고 있을까?'
　'우리와는 어떤 다른 생각을 할까?'
　한편으로는 뭐 크게 다를 게 있을까 싶기도 했다. 이때까지만 해도 몰랐다. 이 만남들이 내 인생에 얼마나 큰 영향을 끼치게 될지.

한국에 살다 어릴 적 미국으로 온 한 지체장애인분을 만났다. 그분은 우리와 비슷한 또래로, 이제 막 대학교를 졸업하고 진로를 고민하는 중이라고 했다. 가질 수 있는 직업이 제한적이라 우리와 같은 고민을 하는 걸까, 생각하며 뭐가 고민이냐고 물었다.

그녀의 대답은 내 예상을 빗나갔다.

"하고 싶은 것이 너무 많아서 뭘 선택할지 고민이에요."

우리 중 누군가가 다시 물었다.

"장애인이 할 수 있는 직업이 많이 없지 않나요?"

"아니요. 장애가 있다고 해서 할 수 없는 건 없어요."

그녀의 목소리엔 자신감과 확신이 넘쳤다.

그녀는 이곳 뉴욕에서 가장 좋았던 것이 '사람들의 인식'이라고 했다. 한국에서는 휠체어를 타고 다니며 가장 많이 들었던 말이 "어쩌다가 그렇게 되셨어요", "힘내세요", "힘드시겠어요"와 같은 얘기였다면, 이곳에서는 "뭘 좋아하세요?", "오늘 옷 예쁘네요"와 같이 장애가 아닌 '나란 사람 그 자체'에 관심을 둔 말을 가장 많이 듣는다고 했다. 그들과 대화하며 장애가 아닌 자기 자신에 대해 제대로 생각해보게 되었고, 이것이 '내가 좋아하는 것'을 자유롭게 고민하는 자신감의 원동력이 되었다고 한다.

다음 날 우리는 세계 금융 시장의 중심이라 불리는 그 유명한 월가로 향했다. 경영학도인 내게 월가는 꼭 한 번쯤 가보고 싶다고 생각했던 곳이었는데 꿈에 그리던 월스트리트에 서 있다는 게 믿을 수가 없었다.

그날은 특히 더 흥분되는 날이기도 했다. 우리가 만나기로 한 사람이 바로 시각장애인 애널리스트였기 때문이다. 학과를 고민하고 경영학과를 가기로 결정했을 때 수도 없이 들은 말이 '시각장애인은 경영학과를 나와도 가질 수 있는 직업이 없다'는 것이었다. 은행이나 증권회사에 가고 싶다고 해도, 펀드매니저, 애널리스트가 되고 싶다고 해도 늘 부정적인 말만 돌아왔다.

"어렵지 않을까?"

"그건 시각장애인이 하기엔 무리지."

모두가 불가능하다고 해도 나는 할 수 있다고 믿고 싶었다. 그리고 그걸 현실로 만든 사람을 직접 만나게 된 것이다.

그분은 무려 30년 가까이 애널리스트로서 남들과 다를

바 없이 일해오고 계셨다.

직접 마주하니 나조차 의문이 들었다.

'시각장애인이 어떻게 그 많은 표와 그래프를 보며 기업을 분석하고 남들과 같은 일을 해나갈 수 있는 걸까?'

회계 관련 수업이나 경제 관련 수업을 듣고 싶을 때마다 나는 '이 수업은 표와 그래프를 많이 활용하기 때문에 시각장애 학생이 듣기 어려울 것'이라는 말에 포기했었다. 우리는 그분에게 어떻게 애널리스트가 되었는지, 일을 하며 어려운 점은 없었는지를 물었다.

그분 역시 많은 사람의 편견에 부딪혔다고 했다. 애널리스트는 무조건 표와 그래프를 봐야 하고 그걸 못 하는 시각장애인은 일을 할 수 없을 거라고 사람들은 말했다. 하지만 그는 표와 그래프 분석이 필수 요건은 아니라고 생각했다. 미래 경제 흐름은 다양한 기사와 글로도 분석할수 있고, 스스로 터득한 방법이 있다면 남들보다 더 시간을 쓰고 노력할 가치가 충분하다고 그는 말했다. 단 한 가지 관점으로만 바라보고 할 수 있고 없고를 결정할 것이 아니라, 그 상황에서 할 수 있는 자기만의 방법을 만들어가면 된다고 그는 믿었다. 물론 그 길이 쉽지만은 않았다.

애널리스트가 되려면 시험을 봐야 하는데 그 시험 자체가 시각장애인이 치르기 어려운 관문이었다. 모두가 어려울 거라 말했지만 포기하지 않고 방법을 강구한 끝에 그는 무사히 시험을 치를 수 있었다.

애널리스트는 고객 관리 업무가 많이 주어지는 일인데, 그의 말에 의하면 누구도 자신이 먼저 말하지 않으면 시각장애인인 걸 알아채지 못한다고 했다. 시각장애인이 된 뒤로 '안 된다', '어렵다', '할 수 없다'라는 말을 수없이 들어온 내게 그가 들려주는 이야기는 한마디 한마디가 신선한 충격이었다.

우리는 이어서 또 다른 곳을 방문해 장애인이 가질 수 있는 더 다양한 직업들을 알아보다. 그곳은 '비전 에이전시'라는 곳으로, 장애인이 원하는 직업을 선택하도록 지원하는 기관이었다. 에이전시 대표님, 낸시와의 대화를 통해 나는 뉴욕의 장애인들이 다양한 직종을 가질 수 있는 이유를 짐작할 수 있었다.

도전을 지향하는 한편 마음 한구석으로는 '역시 어렵지 않을까' 두려워하던 나에게 그녀는 상상 이상의 이야기를 들려주었다.

"시각장애인은 뭐든지 할 수 있어요. 컴퓨터가 발달한 요즘엔 더 그래요. 도전해보지 않은 분야가 있을 뿐 할 수 없는 건 하나도 없어요."

우리 팀의 인솔자인 팀장님이 되물었다.

"만약 시각장애인이 파일럿이나 외과 의사 혹은 기관사가 되기를 원한다면 그것도 가능하다고 생각하시나요?"

듣고도 믿을 수 없는 대답이 돌아왔다.

"파일럿과 외과 의사인 시각장애인들은 이미 있어요. 기관사는 아직 도전한 사례가 없긴 하지만 하려고만 한다면 당연히 가능합니다."

컴퓨터와 여러 보조적인 장치들을 이용하면 뭐든 할 수 있다는 그녀의 말은 나도 모르게 갇혀 있던 내 안의 틀을 깨뜨릴 만한 얘기였다. 단순히 뭔가를 할 수 있고 없고의 개념이 아닌, 어떻게 하면 장애를 가진 이들이 원하는 일을 잘해낼까를 고민하는 그들의 사고방식이 무척이나 놀라웠다. 바로 이런 접근 방식이 뉴욕의 장애인들이 보다 다양한 직업을 선택할 수 있었던 이유가 아닐까.

미국은 한국에 비해 장애인 관련법 조항들이 더욱 세세

하고 강력했다. 단순히 법을 떠나 모두가 안 된다고 생각하는 것들을 포기하지 않고 맞서 고민하는 사회이기에 이곳의 장애인들은 더 자유롭고 당당히 원하는 삶을 꿈꿀 수 있었을 것이다.

　이후 다른 곳들을 방문하고 인터뷰하며 이에 대한 나의 생각은 더욱 확신에 가까워졌다. 세계의 대표적인 박물관 중 하나인 메트로폴리탄 박물관에도 시각장애인 도슨트가 있었다. 관람객에게 전시물을 설명하는 도슨트 업무를 그는 너무도 자연스럽게 수행하고 있었다. 이곳엔 장애인 관객들 역시 편히 전시물을 관람하도록 지원하는 팀도 따로 있었다. 나는 난생처음 시각장애인에게 제공되는 터치 투어를 하며 늘 지루하기만 했던 박물관에서 누구보다 흥미롭게 관람을 즐겼다. 양각으로 그려지는 종이 위에 내 손으로 직접 (손으로 관람한) 전시물을 그려보는 경험도 했다. 이 또한 장애인의 권리에 대한 뿌리 깊은 고민이 있었기에 생겨난 서비스일 것이다.

다

　장애를 갖고 거의 10년간 기대도, 상상도 못 해본 체험을 이곳에서 하면서 새로운 가능성을 보았다. 한국에서도 "힘들 거야"라는 말 대신 "어떻게 해낼 수 있을까"라는 말을 더 많이 듣게 된다면, 해낼 방법을 함께 고민하는 사회가 된다면 참 좋겠다는 바람도 생겼다. 또 나 스스로도 어려울 거라 단정 짓고 포기했던 일들을 어떻게 해낼 수 있을까 더 진취적으로 생각해보게 되었다. 그중 하나가 유튜브였다.

　장애인이 불쌍하고 뭐든 못하는 사람이 아닌, 자기만의 방법으로 잘 살아가는 존재라는 것을 유튜브를 통해 보여주고 싶다고 생각해왔지만, 혼자 감당하기엔 너무 어려운 일일 거라 여기고 고민에 빠져 있던 때였다. 8박 10일간의 뉴욕 여행은 이 고민을 새로운 관점으로 바라보게 했고, 이곳에서 사람들과 함께하며 더욱 의미 있는 시간을 보냈듯 유튜브 역시 누군가와 함께할 방법이 있을 거란 생각이 들었다.

세상에는 불가능하다고 여겨지는 일이 많다. 하지만 그 일들은 시대가 변하고 새로운 기술이 발명되면서 자연스럽게 가능한 일로 변하기도 한다. 우리 모두는 무엇이든 꿈꿀 자유가 있고, 그 꿈은 현실이 될 수 있다. 시각장애인도 마찬가지다. 나를 포함해 모두가 어려울 거라 말했던 유튜버의 꿈을 실현하겠다는 포부를 안고, 나는 다시 한국으로 돌아갈 채비를 했다.

누구나 꿈꿀 자유가 있고,
그 꿈은 현실이 될 수 있다.

점자 선생님이
되다

　어릴 적 나는 미래에 대한 로망이 넘치던 아이였다. 그리고 그걸 머릿속에 그려보기를 좋아했다. 대학에 들어가면 아르바이트는 꼭 한번 해보고 싶었고, 어떤 아르바이트를 하면 좋을지 상상의 나래를 펼치곤 했다. 상상 속에서 나는 바리스타가 돼서 주문받은 커피를 만들고 있기도 했고, 학원 선생님이 돼서 화기애애한 분위기 속 열혈 수업을 하고 있기도 했다. 도서관에서 잔뜩 빌린 책을 팔에 끼고 캠퍼스를 거니는 모습 등, 내가 그리는 미래는 언제나 구체적이고 선명했다.

　그 수많은 상상 중에 시각장애인이 되어 아르바이트를 하는 모습은 없었다. 그렇다. 나는 실제로 대학생이 되어서 어릴 적의 상상을 아득히 뛰어넘는 일에 도전하게 되었다. 시각장애인 점자 선생님이 된 것이다.

☼

대학에 간 나는 스스로 생활비를 마련하고 싶었고, 꼭 돈 때문이 아니더라도 아르바이트를 꼭 한번 경험해보고 싶었다. 당장에 시각장애인인 내가 할 수 있는 일이 많진 않았지만 아는 복지관 선생님이 일자리 하나를 소개해주셨다. 일반 중학교에 가서 방과 후 시각장애인 학생들에게 점자를 가르치는 일이었다.

내가 점자를 가르친다니. 이제는 너무나 익숙한 문자가 되었지만 처음 장애를 얻었을 때만 해도 점자 배우기를 죽기보다 싫어했던 내가 아니었던가. 처음 점자를 배울 때 지금과 같은 미래를 상상하지 못했듯, 뜻밖에 주어진 이번 도전도 재밌는 경험을 가져다줄 것 같았다.

나는 선생님에게 꼭 해보고 싶다고 말했다. 슬픔과 좌절에 빠져 있던 과거에 새로운 가능성을 일깨우고 자신감을 가져다준 점자를 누군가에게 가르쳐준다 생각하니 설

렘으로 가슴이 뛰었다. 얼른 학생을 만나 이야기를 나눠보
고 싶었다.

　수업을 시작하기 전, 머릿속은 이런저런 생각들로 가득
했다.

　'내가 만나게 될 친구는 어떤 아이일까? 나처럼 중도에
시각장애인이 돼서 점자를 배우는 걸까? 학교생활은 어떻
게 하고 있을까?'

　드디어 수업 날이 왔다. 교문을 지나는데 기분이 이상
했다. 여기저기서 들려오는 학생들의 웃고 떠드는 소리에
오래전 학창 시절이 생각났다. 하교하는 학생들과 반대 방
향으로 향해 교실로 가까워질수록 '내가 정말 선생님으로
이곳에 왔구나' 하는 실감이 났다. '선생님'이란 단어를 떠
올리니 정말 잘해내서 학생에게 도움을 줘야 할 것만 같은
생각에 살짝 부담감이 들었다. 이내 나는 머릿속에서 '선
생님'이라는 글자를 지우기로 했다. 그냥 같은 시각장애
인인 한 사람으로서, 마치 동네 형 혹은 친구처럼 만나도
되지 않을까. 그 친구와의 만남이 중요한 거지 내가 무엇
으로 왔는지는 크게 중요하지 않다고 마음먹자 마음이 한

결 가벼워졌다.

편안한 마음으로 교실 문을 열었다.

문이 열리고, 누군가 내 앞으로 뛰어와 인사를 했다.

"안녕하세요."

목소리는 내 시선 조금 아래에서 들려왔고 그 학생이 바로 나의 첫 제자, 해웅이였다. 우리는 서로 자기소개를 하고 나는 궁금한 것들을 물어봤다.

해웅이는 중학교 2학년이고 태어날 때부터 시각장애를 갖고 태어났다고 했다. 책을 가까이서 보면 아주 느리게지만 글자를 읽을 수 있는 정도였고 혼자 지팡이 없이 길을 다니는 데에는 큰 어려움이 없다고 했다. 하지만 학교에서는 교과서를 빨리 읽기도 해야 하고 시험도 봐야 하는데, 자기는 글자를 그렇게 빨리 읽을 수도 없고 체육 시간에는 공이 빠르게 움직이면 제대로 보이질 않아 참여하기가 어렵다고 했다. 모두가 자연스럽게 해나가는 학교생활 속에서 해웅이는 '다름'을 인식하기 시작했고 남몰래 고민하던 중 방과 후 수업에 점자 수업이 있는 것을 보고 자진해서 신청했다. 태어날 때부터 시각장애인이었던 그는 시각장애인을 만나본 적도, 시각장애에 대해 제대로 아는 것도 없어서 다른 시각장애인들을 만나보고 싶었다고 했다.

해웅이의 이야기를 들으면서 점자 수업을 신청하기까지의 오랜 고민이 느껴졌다. 일반학교에서 시각장애를 가진 아이가 어떤 어려움을 겪는지 어렴풋이 알 수 있었다. 나 역시 장애를 얻고 몇 달간이지만 일반학교를 계속 다녔었고, 그때 내가 느낀 것도 해웅이와 크게 다르지 않았다. 시력이 점점 흐려지면서 칠판도, 책도 볼 수 없는 상태가 되었을 때는 '지금 내가 여기서 뭘 하는 거지' 싶은 생각만 들었다. 체육 시간이나 미술 시간과 같은 예체능 과목 수업을 들으면서는 그 생각이 더욱 깊어졌다.

학교는 시각장애 학생에게 어떤 지원이 필요하고 어떻게 하면 함께 수업을 들을 수 있을지를 고민하기보다 그저 휴식만을 권했다. 그건 내게 필요한 것이 아니었다. 이런 시간이 길어질수록 내가 무능한 것 같다는 생각, 남들과 비교하는 마음이 깊어지며 자존감과 자신감이 점점 떨어졌다.

무너진 자존감은 점자를 배우고 내가 할 수 있는 일이 얼마든지 많다는 걸 깨닫기 시작하면서 다시 회복됐다. 손끝으로 글자를 읽고 음성 지원이 되는 컴퓨터와 핸드폰을

사용하면 보통 사람들이 하는 일을 다 할 수 있다는 걸 알 게 되자 좋지 않은 생각에서도 벗어날 수 있었다. 그렇게 누군가의 도움을 받아 시각장애인으로서의 나를 온전히 받아들일 수 있었다.

한편으로는 맹학교를 가기 전 일반학교에서도 그와 같 은 지원이 있었으면 어땠을까 하는 생각도 들었다. 나 또 한 학교에 내게 필요한 것을 요청할 수 있었다면 어땠을 까…….

해웅이의 이야기를 들으며 수업을 맡길 참 잘했다는 생 각이 들었다.

☼

점자를 가르치기 앞서, 해웅이가 가진 고민을 함께 나누 고 자신감을 되찾아줘야겠다 생각했다. 나와 비슷한 경험 을 갖고 있다 해도 사람마다 그 상황에 대한 반응과 생각 이 다를 테니 처음엔 많이 질문하고 많이 듣는 시간을 보 냈다. 그 사이사이 기본적인 점자의 원리를 알려주고 함께 목표를 정하고 익혀가게 했다. 점자 배우기를 회피했던 내

과거의 이야기도 들려주었다. 남과 다르다는 걸 인정하는 것 같아 배우고 싶지 않았지만, 지금은 오히려 점자를 통해 남과 다름을 보여줘서 좋은 점도 있고, 이걸 배운 뒤에 할 수 있는 일이 무궁무진해졌다는 것도. 해웅이도 점자를 통해 다름의 의미를 새롭게 알아가기를 바랐다.

다르다는 건 결코 '이상하다'거나 '못났다'는 의미가 아니다. 오히려 자기만의 멋진 개성으로 바라볼 일이다.

누군가 나의 힘듦과 어려움을 알아주길 바랐던 순간들이 있었기에, 해웅이의 고민을 듣고 대화할 수 있는 이 시간이 너무나 감사하고 즐거웠다.

우리는 매주 하루 이상 만나면서 함께 시간을 보냈다. 하루는 해웅이를 가날지기로 초대했다. 장애가 있기에 무엇이든 할 수 없지 않을까 걱정하는 해웅이에게 그렇지 않다는 걸 직접 보여주고 싶었다.

가날지기에는 시각장애인, 청각장애인, 지체장애인 등 서로 다른 장애를 가진 다양한 전공의 학생들이 있었고 모두가 다른 성격과 가치관을 가지고 있었다. 서로 다른 모습 속 공통적인 것이 있다면 그들은 각자 자기만의 방법으로 계속해서 할 수 있는 일을 찾아나가고 있다는 것이었다.

물론 장애로 인한 현실 속의 차별과 어려움 속에서 힘들 때도 있었지만, 그때마다 함께 어려움을 나누고 해결 방안을 고민했다. 모두가 다르다는 걸 인정하고, 그 다른 생각을 맞춰가며 서로를 알아갔다. 이건 장애에 국한된 얘기만은 아닐 것이다. 다르다는 것이 뭔가를 꿈꾸는 데 장애가 될 수 없다는 걸 해웅이도 충분히 느꼈으면 했다.

때론 가냘지기 친구들을 해웅이네 학교로 데려가기도 하면서 많은 이야기를 이어갔고, 우리의 점자 수업도 어느덧 2년 가까운 시간이 흘렀다. 그사이 해웅이는 하고 싶은 것이 아주 많은 아이가 되어가고 있었다. 그리고 본인이 좋아하는 것을 찾기 위해 많은 것을 경험해나갔다.

어느 날 고등학교 진학을 앞둔 그가 내게 고민을 이야기했다.

"선생님, 맹학교는 어떤 곳인가요? 저는 일반 고등학교를 가는 것이 좋을까요, 아니면 맹학교를 가는 것이 좋을까요?"

나는 내가 겪은 맹학교에서의 이야기도 해주고, 해웅이

가 하고 싶은 것은 무엇인지를 들으며 함께 고민해보았다. 일반 고등학교에서 편히 하고 싶은 공부를 할 수 있다면 가장 좋겠지만 아직까지 그럴 만큼의 환경이 갖춰져 있지 않았다.

고민 끝에 해웅이는 시각장애 특수학교에 진학했다. 어딜 가든 해웅이라면 잘해낼 테니 어떤 선택을 했든 응원했을 것이다.

그렇게 2년간의 점자 수업을 끝으로 해웅이는 내 모교의 후배가 되었다. 맹학교에서 내가 느끼고 경험했던 것들을 이 친구는 과연 어떻게 즐기게 될까 기대가 되었다. 해웅이와 보낸 2년은 내게도 아주 뜻깊은 시간이었다.

누군가의 삶에 관심과 애정을 갖는다는 것은 쉬운 일이 아니었다. 그 시간 속에서 나 자신의 부족함도 느꼈고, 내게 관심과 애정을 갖고 지켜봐준 사람들에 대한 감사함도 또 한 번 마음에 새길 수 있었다. 점자는 이번에도 나에게 예상하지 못한 인연을 선물해주었다. 또 어떤 선물이 나를 기다리고 있을까. 오늘도 나는 오지 않은 미래의 로망을 상상한다.

다르다는 것이 뭔가를 꿈꾸는 데
장애가 될 수 없다는 걸.

3

보이지 않던 세계에

눈뜨다

유튜브를
시작하다

졸업을 앞두고 나는 사람들에게 선언했다.

"나 유튜브 시작해보려고."

사람들의 반응은 다양하면서도 한결같았다.

"갑자기 웬 유튜브? 네가 어떻게?"

"유튜브는 무슨 유튜브야. 그냥 공무원 시험이나 준비해."

아마도 그냥 지나가듯 하는 말이겠거니 생각했거나, 내가 감당하긴 너무 힘들 거란 걱정이 앞서 나온 반응들이었을 것이다.

하지만 내 의지는 확고했다. 시각장애인이 된 뒤 앞이 보이지 않는 것보다 더 적응하기 힘들었던 건 나를 바라보는 사람들의 시선이었다. 앞이 보이지 않는 것은 시간이 갈수록 차츰 익숙해져갔다. 시각장애에 대해 알고 받아들이고 나만의 방법들을 하나하나 늘려가는 것은 꽤 재밌는 일이기도 했다. '이젠 아무것도 못 할 거야'라는 자조적인 생각을 언제 했냐는 듯 자존감이 서서히 회복되었고, 되찾은 자신감은 눈이 보일 때보다 오히려 더 넘쳤다. 반장 한 번 못해본 내가 맹학교를 다니면서 전교회장을 맡기도 했다. 맹학교에서 나와 같은 시각장애인과 함께한 많은 경험은 그동안 갖고 있던 장애에 대한 편견들을 없애주었다.

장애인에 대해 내가 갖고 있던 편견은 참 다양했다. '부정적이고 우울한 사람', '뭐든 잘 못하고 부족한 사람', '옆에서 도와줘야 하는 존재'……. 이런 편견들이 깨져나갈수록 나 스스로에 대한 자존감과 자신감은 점점 올라갔다. 장애를 부끄러워하고 숨기고 싶었던 마음이 '왜 그래야 하지?'라는 마음으로 변했다. 내가 가진 장애를 온전히 받아들이면서 찾아온 변화였다. 장애는 내게 더 이상 단점이나 숨겨야 할 문제가 아닌, 나의 특성이자 때로는 강점이 되는 요소였다. 하지만 그건 나의 시선일 뿐, 나를 바라보는 사람들의 시선은 달라지지 않았다.

☼

지하철을 타기 위해 스크린도어에 있는 점자를 찾고 있을 때의 일이었다. 누군가 나를 향해 뭘 하고 있느냐고 물었다.

나는 당당히 말했다.

"아, 제가 시각장애인인데 여기 점자가 있어서 읽고 있었습니다."

그 순간, 원치 않은 일이 벌어졌다. 그가 대뜸 내게 불쌍해서 어떡하냐며 돈을 쥐여주는 게 아닌가. 심지어 목소리도 굉장히 커서 주변 사람들이 모두 우리를 보고 있을 거란 걸 보지 않고도 짐작할 수 있었다. 사람들의 시선이 신경 쓰였다. 그는 내가 아무리 괜찮다고 말해도 사양 말라며 극구 돈을 쥐여줬다.

'자꾸 거절하는 내가 이상한 건가?'

어디로든 도망치고 싶은 마음뿐이었지만 보이지 않는 내겐 도망조차 쉽지 않았다. 물론 지금의 나라면 여유만만

하고 능청스럽게 이 순간을 빠져나갔을 것이다. 어쩌면 곧바로 액수를 확인하고 '천 원이면 과자도 못 사 먹겠네' 하고 말지도 모르겠다. 비슷한 경험이 쌓이고 쌓여 당황스러운 상황에서 스스로 타격을 입지 않는 방법을 터득한 것 같다. 하지만 시각장애인이 되고 혼자 돌아다닌 지 얼마 되지 않은 그날 겪은 일은 나에게 부끄러운 기억으로 남고 말았다.

또 어떤 날은 흰 지팡이로 보행하는 것을 연습해보겠다고 외운 길을 가고 있는데 갑자기 지팡이가 공중으로 붕 뜨며 어딘가로 세게 당겨졌다. 너무 놀라 "으악" 하고 소리를 질렀는데, 알고 보니 누군가 나를 보고 도와주겠다고 지팡이를 잡아당기고 있던 것이었다. 더 빠른 길을 두고 다른 곳으로 가는 것 같아 도와주고 싶었다는 게 그의 설명이었다. 그로 인해 나는 내가 아는 길에서 경로를 이탈해 길을 잃고 말았다.

수없이 반복되는 이러한 경험들이 눈이 보이지 않는 것보다 더 적응하기 힘들었다. 나 역시 장애에 대해 편견을 갖고 있었고 사람들의 편견을 알고 있었지만, 내가 직접 당사자가 되어 편견을 체험해보니 머리로만 아는 것과는 큰 차이가 있었다. 왜 장애인을 향한 이런 편견의 시선들이 생기게 된 걸까, 수없이 생각했다. 그리고 눈이 보일 때 내가 경험했던 것들과 보이지 않을 때 경험했던 것들의 공통점이 있음을 발견했다. 그건 바로 미디어였다.

　　장애가 생기기 전 나는 실제로 장애인을 본 적도, 만날 기회도 없었다. 다큐멘터리나 뉴스에 출연한 장애인을 본 것이 다였다. 그때 본 장애인들의 모습은 대부분 비슷했다. 불쌍한 상황이거나, 도움받는 모습이거나, 혹은 장애를 극복하고 엄청난 능력을 가진 사람이 됐다거나 하는 감동 스토리. 장애인에 대해 '슬프고 우울하고 혼자서는 뭔가를 잘 해내지 못하고 누군가 도와줘야 하는 존재'라는 생각은 그런 장면들을 보며 쌓인 편견이었다.

　　이제는 안다, 이 모두가 틀린 생각이라는 것을. 장애는 극복의 대상이 아니다. 오히려 장애는 매일매일 적응하며 더 잘 살아갈 수 있는 방법을 찾게 만든다.

　　언젠가는 내가 직접 그 미디어 속에 출연한 적도 있다. 처음 TV 다큐멘터리에 출연할 기회가 생겼을 때는 그저 흥미로운 기회로만 다가왔고, 시각장애인으로 살아가는 나의 모습이 영상에 담긴다 생각하니 재밌을 것 같기도 했다. 그런데 출연을 결정하고 촬영이 진행될수록, 명확히 뭐가 문제인지는 모르겠지만 뭔가 좀 이상하다는 느낌을 받았다. 얼마 뒤 기다리고 기다리던 다큐멘터리가 방영되던 날, 나는 촬영 중 내가 받은 이상한 느낌이 무엇인지 정확히 알 수 있었다. TV 속에서 나는 내가 봐도 안쓰럽고 불쌍하고 도와주고 싶다는 생각이 드는 사람으로 비치고 있었다. 정확히 내가 과거 TV 속 장애인들을 보며 했던 생각을, 내가 나를 보면서 하고 있었다.

촬영 중엔 분명 웃기고 즐거운 에피소드도 많았는데 그런 장면은 모두 편집되고 무겁고 진지하게 인터뷰한 모습들만이 이어졌다. 심지어 인터뷰 장면도 처음 대답한 것들이 아닌, 재질문에 답하며 나온 얘기 중 더 안쓰럽고 불쌍한 이야기에만 초점이 맞춰 나왔다. 촬영 당시 '왠지 뭔가를 유도하는 질문 같다'고 느끼면서도 크게 개의치 않고 답했었는데, 지금 생각해보면 촬영 전부터 이미 이 다큐멘터리가 보여주고 싶은 장애인의 모습이 정해져 있었던 게 아닐까 싶다. TV 속의 나는 내가 아니었고, 장애인을 바라보는 사회의 현실을 고스란히 마주한 것 같아 씁쓸한 마음을 지울 수 없었다.

　몇 년이 지나고 또 다른 방송 출연 제안을 받았다. 시각장애인이 어플을 활용해 버스를 타는 상황을 촬영하고 싶다는 제안이었다. 당시 내 마음속엔 이전의 경험으로 인한 의구심이 남아 있었고, 그걸 솔직히 이야기하자 제작진은 '이 촬영은 시각장애인도 버스를 자유롭게 탈 수 있도록 알리는 좋은 취지의 영상'이라고 설명해주었다. 나 역시 시각장애인의 현실적인 삶의 모습을 보여주고 싶었기에 촬영을 수락했다. 그러나 결과적으로 현실적인 내 삶을 보여주는 게 아닌, 현실적인 미디어의 모습만을 재확인한 꼴이 되었다.
　촬영할 영상은 내가 버스를 기다렸다가 타는 장면이었고, 나는 늘 하던 방식대로 버스에 탑승해 단말기에 카드를 찍었다. 나에게는 능숙하게 카드를 찍는 방법이 있었고, 그게 100퍼센트 적중하지 않더라도 어느 정도 손을 움직이면 어렵지 않게 찍을 수 있었다. 버스에 타서 카드를 찍자 제작진이 다시 버스에서 내려달라고 요청하더니 영상을 새로 찍겠다고 했다. 이유를 들은 나는 아연실색했다. 손이 너무 자연스럽고 생각보다 너무 카드를 잘 찍었다며, 조금 더 헤매는 모습을, 혼자서는 불가능하겠다는 느낌이 들도록 연출해달라는 것이었다. 나 역시 처음부터 카드 단말기를 사용하는 게 쉬웠던 건 아니다. 나름의 피나는 연습과 사람들의 눈치를 감당하며 터득한 노하우인데, 나의 그런 시간들은 모조리 무시당하는 기분이 들었다.

'정말 몇 년이 지나도 달라진 게 없구나. 대체 어째서 장애인의 현실적인 모습이 아닌 불쌍한 모습만을 보여주려는 걸까. 그냥 나한테 직접 어떤 어려움이 있는지, 그걸 극복하기 위해 어떤 노력을 해왔는지 물어볼 수는 없었을까.'

답이 정해진 그들의 요구에 나는 다시금 실망했다. 아마 이 장면을 본 누군가는 또 한 번 '시각장애인은 다 저렇게 서투르구나'라고 생각했을지 모른다. 모든 사람이 다르듯 모든 장애인도 조금씩 다르고, 자기만의 방식으로 잘 살아가는 사람들도 많다. 그러나 그런 현실은 적어도 미디어를 통해서는 잘 드러나지 않는 것 같다.

이런저런 경험들을 통해 장애인을 향한 사람들의 편견 어린 시선엔 미디어가 적잖은 영향을 끼치고 있다는 걸 알 수 있었다. 그리고 이건 내가 미디어에 큰 관심을 가진 계기가 되었다. 나도 분명히 인지하지 못하는 사이 새로운 꿈이 마음속에서 꿈틀대고 있었던 것 같다.

가까이서 나를 겪은 많은 사람은 말한다.

"처음엔 어떻게 대해야 할지도 모르겠고 뭘 해줘야 하나 싶었는데, 한솔이 너랑 지내면서 보통 사람들과 크게 다르지 않다는 걸 알게 됐어."

이런 말은 나뿐 아니라 다른 장애인 친구들도 자주 듣는다. 미디어 속 장애인들과 현실 속 장애인들의 모습에 얼마나 큰 격차가 있는지를 이럴 때마다 느낀다. 이런 이야기들을 많은 사람에게 하고 싶었다.

☼

나는 원래 유튜브 보는 것을 좋아했다. TV는 보지 않아도 유튜브는 매일 시간 날 때마다 보고는 했다(정확히는 '본다'기보다 '듣는다'는 말이 맞겠지만 관용적인 표현으로 '본다'라고 쓴다). 내가 유튜브에 매력을 느낀 가장 큰 이유는 '누구나 접근 가능하고 그렇기에 아주 다양한 사람들의 이야기가 현실적으로 담긴다'는 점이었다. '1인 미디어 플랫폼'이라고 불리는 유튜브에서는 직접 작가가 되고 연출자가 되고 출연자가 되어 하고 싶은 이야기를 누구의 구애도 받지 않고 마음껏 할 수 있었다. 그곳에서 나는 외국 장애인들의 모습도 볼 수 있었고 한국에서 활동하는 장애인들도 볼 수 있었다. 다만 한국에서는 장애인 개개인보다는 다큐멘터리나 뉴스 영상들이 더 많이 보이는 것이 아쉬운 부분이기도 했다.

유튜브에 빠져들수록 이 세계에 점점 더 끌렸다.

'장애인들의 삶에도 참 다양한 모습이 있네.'

'나도 저기서 내가 하고 싶은 이야기를 마음껏 해보고 싶다.'

'사람들과 소통을 하고 싶다.'

어느 순간 머릿속에 구체적인 바람들이 확고히 자리 잡았다.

뉴욕 여행을 다녀온 직후, 나는 나와 늘 비슷한 생각을 하면서 대학 입학 때부터 많은 활동을 함께해온 친구, 소희에게 제안했다.

"나랑 같이 유튜브 해보지 않을래? 너는 고등학교 때부터 편집도 전공했는데 그 귀한 능력을 이대로 낭비하면 사회의 큰 손해야."

소희는 나보다 먼저 졸업한 상태였고 나는 졸업을 앞두고 있었다. 모두가 취업 준비에 힘쓰고 고민하는 그 시기에 엉뚱한 제안을 한 것이다. 혹시 부담이 되진 않을까 걱정도 됐지만 긴 시간을 함께해온 만큼 '이 친구라면 같이 나설 거야'라는 믿음이 있었다.

예상대로 소희는 흔쾌히 수락했다.

"좋아. 우리 지금까지도 너무 잘해왔잖아. 앞으로도 재밌게 한번 해보자."

막연히 '해보고 싶다'는 열망을 실현하게 된 데는 소희의 덕이 아주 컸다. 대학에 처음 들어왔을 때 나는 비장애인들과의 격차와 시선에 많이 힘들어했었다. 그런 나에게 소희는 적잖은 도움을 주었고 서로 많은 대화를 나누며 학교에 필요한 장애인권 동아리도 직접 개설했다. 오랜 시간 신뢰를 쌓아온 데다 편집 능력까지 갖춘 소희가 함께해준

다니 말할 수 없이 든든했다.

유튜브를 하겠다는 내게 사람들이 건네온 우려의 말들에 흔들릴 수도 있었다. 하지만 내게는 소희라는 든든한 친구가 있었고, 나를 오랫동안 지켜봐온 이들의 많은 응원이 있었다.

"한솔아, 네가 하고 싶은 걸 해나가면 분명 네 진심이 사람들에게 전달될 거야. 믿고 응원할게."

나란 사람은 참 불완전한 것 같다는 생각을 많이 한다. 그래서 때때로 누군가의 말에 흔들리고 고민에 빠질 때가 많다. 하지만 나의 이 부족함은 내 주변 사람들과 그들이 보내는 힘으로 인해 채워졌고, 덕분에 흔들리지 않고 나의 길을 갈 수 있었다. 이게 내가 무얼 하든 누군가와 함께하고 싶은 이유다.

그렇게 나와 소희 그리고 가날지기 멤버 우령이까지 셋이서 유튜브를 향한 첫 발걸음을 내딛었다. 첫 영상을 찍을 때는 낯선 상황이 우습기도 하고 어색하기도 했는데, 함께하는 친구들이 있으니 그저 신났다. 좋아하는 사람들과 뭔가를 함께 한다는 건 얼마나 즐거운 일인지. 우리

의 첫 영상은 함께 웃고 장난치며 피어나는 기대감 속에
2019년 10월 5일, 유튜브에 등장했다.

세 번의 시도 끝에
점자 실버버튼을 받다

　열여덟 나이에 갑자기 찾아온 시각장애, 그리고 달라진
사람들의 시선. 나는 여전히 나인데 세상의 기준에서 나
는 남들과 크게 다른 존재였던 것 같다. 내가 경험한 장애
인의 삶과 사람들이 생각하는 장애인들의 삶 사이의 갭은
10년 동안 메워지지 않는 것 같았다. 보이지 않아서 우울
한 삶을 사는 것이 아니라 우리만의 방법으로 할 수 있는
일을 찾고 그 안에서 일어나는 재밌는 일이 많다는 걸 사
람들은 알지 못했다.
　나는 이런 현실적인 모습들은 왜 미디어에 노출되지 않
는 걸까 궁금했다. 언젠가 다큐멘터리를 통해 알게 된 피
디님께도 이런 생각을 이야기했다.

"왜 장애인은 늘 다큐멘터리 아니면 뉴스에만 나오는 걸까요? 예능 같은 가벼운 프로그램에도 출연하면 사람들이 다른 인식을 가질 수 있지 않을까요?"

피디님은 '장애인이 예능에 나오면 시청률이 낮아서 어려울 것'이라고 말했다.

그 얘기를 들으며, 아직 방법은 잘 모르겠지만 미디어의 변화에 영향을 줄 수 있는 사람이 돼야겠다 생각했다.

☼

대중 미디어에서 단편적으로만 나오는 장애인의 삶을 더 다각도로 보여주고자 유튜브를 시작했다. 뜻이 맞는 친구와 함께한다는 것만으로도 기쁘고 적은 수라도 공감해주는 사람이 있으면 의미 있는 일일 거라 생각했다. 그러면서도 한편으로는 '장애'라는 단어가 사람들에게 낯설고 불편하게 다가가면 어쩌지, 하는 두려움도 있었다. 참고할 만한 시각장애인 유튜버가 없어서 더 막막했던 것 같다. 그럼에도 같은 뜻을 가진 친구들이 함께했기에 두려움보다 더 큰 즐거움으로 영상을 만들어갈 수 있었다.

시행착오도, 우여곡절도 많던 「원샷한솔」 채널은 개설 후 9개월째에 천 명, 11개월째에 만 명의 구독자를 얻었다. 그리고 정확히 1년 2개월이 지난 2020년 12월 5일, 상상하지도 못했던 10만 명의 구독자를 달성했다.

"말도 안 돼. 우리 채널이 10만 명 구독자라니. 그럼 우리도 실버버튼을 받을 수 있는 건가?"

우리는 바로 신청 절차를 알아보았다. 그 과정에서 외국에는 이미 실버버튼을 받은 시각장애인 유튜버가 몇 명 있다는 걸 알게 됐고 그중 한 명은 점자로 이름이 새겨진 실버버튼을 받았다고 했다.

나는 유튜브에 점자 실버버튼 제작을 해줄 수 있는지 묻는 메일을 보냈다. 이름뿐 아니라 모든 내용을 점자로 새겨줄 수 있냐고 썼다.

기대에 차서 하루하루 기다리던 어느 날, 유튜브로부터 답장이 왔다. '어워즈'를 담당하는 팀으로부터 점자로 제작이 가능하다는 답변을 받았다는 내용이었다.

한국 최초로 시각장애인으로서 실버버튼을 받게 된 데다 세계 최초로 모든 내용을 점자로 제작한 실버버튼을 받게 되었다니! 몹시 기쁘고 흥분됐다.

얼마 뒤, 새해가 밝았고 오매불망 기다리던 실버버튼이 선물처럼 도착했다.

설렘으로 가득 차서 상자를 풀었다. 가위로 힘겹게 포장지들을 벗겨내고 드디어 실버버튼을 마주했을 때, 나는 당황하고 말았다. 아무리 더듬어도 점자의 촉감이 느껴지지 않았기 때문이다.

'내가 모르는 형태의 점자인가? 다른 데 있는데 내가 못 찾고 있는 건가?'

어리둥절해하며 점자를 계속 찾고 있는데 옆에 있던 소희가 말했다.

"점자가 없는데?"

잘못 들었다고 생각했다. 순간적으로 소희의 시력이 안 좋아진 건가 싶기도 했다. 사실 믿고 싶지 않았던 것 같다. 하지만 점자는 정말 애초에 적혀 있지 않았고 나는 크게 실망했다.

이대로 포기하기엔 우리의 기대가 너무 컸고, 나에게 귀한 실버버튼을 선물해준 구독자분들께 제대로 된 점자 실버버튼을 보여드리고 싶었다. 나는 다시 유튜브에 상황 설명을 하고 점자로 제작된 실버버튼을 보내줄 것을 요청했다. 유튜브 측에서는 미안하다는 사과와 함께 직접 실버버튼을 제작하는 업체를 연결해주었다.

연락이 닿은 업체에서는 점자를 잘 몰라서 어떻게 제작해야 할지 모르겠다며, 실버버튼에 새길 점자를 이미지로 보내줄 수 있느냐고 물었다. 그렇게 열 통쯤의 메일을 주고받은 끝에 두 번째 실버버튼을 받았다. 첫 번째 실버버튼을 받고 두 달 만이었다.

이번엔 실망할 일이 없을 거라 확신하고 상자를 풀었다. 빠르게 포장지를 풀고 내용물이 손에 닿은 순간 손끝으로 점자가 만져졌다.

첫 번째 실버버튼을 받았을 때와 다르게 기쁨의 함성이 터져 나왔다. 하지만 그도 잠시, 본격적으로 글자를 읽기 시작하는데 알 수 없는 불안감이 싹트기 시작했다.

읽고 또 읽어도 점자는 다음과 같이 쓰여 있었다.

RESENTED TO

NESHOT ANSOL

'내가 영어 공부를 너무 소홀히 해서 안 읽히는 건가?'

'혹시 점자를 잘못 읽은 건가?'

수차례 확인하며 소통이 오갔기에 제작에 문제가 있을 거란 경우의 수는 머릿속에 없었다. 친구와 함께 처음에 받은 실버버튼과 철자를 비교하고 나서야 명백한 실수란 걸 알게 되었다. 'PRESENTED TO ONESHOT HANSOL'에서 첫 글자가 하나씩 빠진 것이다. 그 결과 '선물'은 '원망'으로 의미가 바뀌었고, 우리의 채널명은 '원샷한솔'이 아닌 '네샷인솔'이 되었다.

마냥 유쾌하지만은 않은 이 에피소드를 영상으로 공개하자 많은 사람이 안타까워하며 다시 보내달라고 요청해야 하는 것 아니냐고 물었다. 수백 개의 댓글을 보며 나도 마음이 흔들렸다. 두 번이나 재요청을 하는 경우가 있나 싶어 망설였지만, 사람들의 응원에 힘입어 다시 요청하기로 마음먹었다.

놀랍게도 나의 두 번째 실버버튼 언박싱 영상을 미국에서도 보았다고 했다. 담당자는 영상을 보고 너무 놀랐고 미안하다며, 실버버튼은 당연히 다시 보내주겠다고 했다. 이어서 잘못된 점자 실버버튼을 다시 보내줘야 세 번째 실버버튼을 보내줄 수 있다고 했다. 왜 꼭 다시 보내야 하는 건지 의아했지만 알겠다고 하고 두 번째 실버버튼을 반납하러 길을 떠났다.

서울에 몇 개 없는 UPS 지점 중 성수점으로 향했고 그 여정은 생각 이상으로 험난했다. 몇 번의 장애물과 전동 킥보드를 피하고, 지팡이가 자전거에 끼면서 고장이 나고, 음성이 들리지 않는 신호등이 많아 몇 차례 운에 맡기며 횡단보도를 건너고, 그 과정에서 여러 사람의 도움을 받아 겨우 UPS에 도착했다.

우여곡절 끝에 미국으로 실버버튼을 다시 보내고 열흘이 지난 2021년 4월 30일, 세 번째 실버버튼을 받았다.

☼

세 번째 실버버튼 상자 앞에서는 그 어느 때보다 더 긴장되었다. 이번에도 잘못되면 그땐 어쩌지, 하는 생각에 스스로도 우스울 정도로 굳어 있었다. 세 번째 언박싱은 눈 깜짝할 새 끝났고 나는 재빠르게 내용물을 꺼냈다. 그때 갑자기 소희가 소리를 질렀고 또 뭐가 잘못됐나 싶어 다시 긴장했다. 소희는 상자 안에 점자로 찍힌 편지가 있

님께 드림

원샷한솔

구독자 100,000 명을 달성하신

 YouTube

다고 말해주었다. 믿을 수가 없었다. 편지까지 점자로 써 달라고 요청한 적은 없었는데. 편지를 읽은 뒤 곧장 실버 버튼을 꺼내 점자를 확인했다.

처음 내 손에 읽힌 점자는 '김께 드림'이었다. 내가 김씨라서 이렇게 써놓은 건가, 어리둥절해하고 있는데 '님께 드림' 아니냐는 소희의 말을 듣고 다시 읽어보니 그 말이 맞았다. 과도한 걱정이 부른 내 실수에 어이없어하며 두 번째 줄을 읽었다. 이번엔 틀림없이 '원샷한솔'이라고 적혀 있었다.

나에게 실버버튼을 받는 과정은 마치 롤러코스터를 타는 기분과도 같았다. 한국인이 읽기엔 어색하기 짝이 없는 번역체였지만, 점자로 적힌 편지까지 함께 온 세 번째 실버버튼은 나에게 정말 의미 있는 선물이었다. 많은 사람의 공감과 지지가 있었기에 마지막까지 용기 내서 이 선물을 받을 수 있었다. 이런 시행착오가 있었으니 다음에 점자 실버버튼을 받을 누군가에게 조금이나마 도움이 되지 않을까.

함께해준 친구들과 구독자분들 덕에 5개월에 걸친 '실

버버튼 대장정'을 기분 좋게 마무리할 수 있었다. 생각해 보면 이 과정은 내가 유튜브를 해온 과정, 그리고 내 인생과도 닮아 있는 것 같다. 앞으로 나의 유튜브가, 또 나의 인생이 어떻게 흘러갈지는 모르겠지만, 분명한 건 나와 함께 해주는 누군가가 곁에 있다는 사실, 그리고 그로 인해 힘들고 포기하고 싶은 순간이 있어도 좋은 날을 향해 계속 나아갈 것이라는 사실이다.

우리는 분명 좋은 날을

향해 나아가고 있어.

처음으로
혼자서 대중교통을 타던 날

    시력을 잃고 내가 만난 세상은 모든 것이 새로웠다. 과장을 좀 보탠다면 마치 나만 두고 세상이 새롭게 생겨난 것만 같았다. 그동안 너무도 당연하고 자연스러웠던 일들이 더 이상 자연스러운 일이 아니었다. 먹고 싶은 게 있어서 편의점을 갔는데 원하는 음료수와 과자를 고를 수 없는 상황이 그 전의 내 세상에는 존재하지 않았다. 지하철역과 버스정류장에 갈 때까지 몇 개의 횡단보도를 건너야 하는지, 그 횡단보도 신호등에서 신호가 바뀌었다는 안내음이 있을지 없을지 등등의 고민도 그 전의 내 세상엔 없었다. 세상은 그대로인데 내가 만나는 세상만이 달라졌다. 평소 누군가에게 도움을 청한 적도 별로 없고 그 자체를 어려워하는 나에게 세상은 끊임없이 '변해야 한다'고 말했다. 정말 이 세상을 살아가려면 내가 변화해야 하는 걸까, 수없이 고민했다.

☼

오랜 연습 끝에 더 이상 집 앞에서 혼자 길을 잃지 않고 내가 어디 있는지 파악할 수 있는 정도가 되었을 때, 나는 지하철역을 가봐야겠다고 결심했다. 볼링을 치러 복지관에 갈 때도, 점자를 배우러 맹학교에 갈 때도 지하철을 타야 했다. 혼자서 지하철 타는 걸 꼭 성공하고 싶었다.

집에서 지하철역 출구까지 걸리는 시간은 대략 7분, 역까지 가는 데 지나치는 횡단보도는 신호등이 있는 곳 한 개와 신호등이 없는 곳 네 개. 매일같이 대중교통으로 학교를 다녔으니 보지 않고도 지형을 훤히 꿰고 있었다. 목적지까지의 지형 파악을 끝내고 나는 그동안 익숙해진 감각과 용기를 품고 지하철역으로 향했다. 그런데 출발한 지 고작 3분도 안 돼서 예상치 못한 상황에 당황하고 말았다. 6년 동안 다니던 학원 앞 횡단보도에서 신호가 바뀌었는지 안 바뀌었는지를 알 수가 없었고, 주변 소리로 미루어 초록불로 바뀐 것 같다는 짐작만 들 뿐 확신 없이 목숨을 걸 수는 없었다. 나의 예상 시간 7분은 횡단보도 앞에서 속절없이 흘러갔고 이미 몇 번의 신호가 바뀌었다는 걸 시간의 흐름으로 알 수 있었다.

'소리도 안 나는 이 횡단보도를 어떻게 건너지…….'

그때, 누군가의 말소리가 들렸다.

"혹시 무슨 일 있으세요?"

횡단보도 앞에 한참을 미동 없이 서 있으니 말을 걸어온 것이다. 지금이라면 내가 시각장애인임을 밝히고 웃으며 바로 도움을 요청했겠지만, 아직 '시각장애인'이란 단어도 낯설고 누군가에게 제대로 도움을 청해본 적 없던 나는 뭐라고 말해야 할지 몰라 머뭇거렸다. 횡단보도 하나 못 건너서 누군가에게 의지해야 하는 이 상황이 잘 받아들여지지도 않았고, 도움을 청했는데 날 이상한 사람으로 보지는 않을까 하는 생각에 부끄럽기도 했다. 짧은 시간 동안 수많은 생각이 스쳤고 그 스치는 생각 속, 집 밖을 나올 때 결심했던 '용기'라는 단어가 떠올랐다.

'그래, 한솔아. 안 해본 것도 한번 해보자 마음먹는 게

용기지. 오늘 내가 가져온 건 용기야. 안 해봤다고, 거절당한다고 두려워할 필요 없어.'

정신이 번쩍 들었다. 나는 마음을 다잡고 말했다.

"제가 얼마 전에 시각장애인이 됐는데 신호가 바뀌었는지 알기가 어려워서요. 혹시 건너는 걸 도와주실 수 있을까요?"

"그럼요. 어디까지 가세요?"

내 고민이 무색하게도 상대는 너무도 흔쾌히 도움을 줬고, 나는 함께 지하철역 출구까지 갈 수 있었다. 장애인이 되고서는 도움을 청한다는 것이 더 조심스러웠던 부분이 있었는데 이 경험을 통해 나는 누군가에게 도움 청하는 것을 두려워하지 않게 되었다. 상황에 따라 도움은 받아들여질 수도, 거부당할 수도 있으며, 도움을 청하는 일 자체가 결코 부끄러운 것이 아님을 배운 하루였다. 그렇게 나도 모르는 사이 이 새로운 세상에서 그동안은 느끼지 못했던 것을 몸소 겪어나가고 있었다.

지하철역 출구에 도착한 나를 기다리고 있던 것은 내려가는 에스컬레이터였다. 모든 것이 새롭게 느껴지는 세상 속에서 나는 에스컬레이터 손잡이를 잡고 발판으로 걸음을 내딛었다. 내가 내딛은 곳은 에스컬레이터의 경계선 위였다. 처음엔 맞지 않는 발의 위치에 당황했지만 이내 계단 위로 올라설 수 있었다. 그동안 수도 없이 타봤으니 손잡이에 먼저 손을 대보고 내려가는 계단인지, 올라가는 계단인지 알 수 있었고 생각보다 쉽게 성공했다.

'어? 생각보다 전혀 안 어려운데?'

운 좋게 금방 에스컬레이터 타는 법을 익힌 나는 횡단보도 앞에서 언제 쩔쩔맸나 싶을 정도로 자신감이 충만해졌다. 입가엔 씨익 미소가 걸렸다. 한 번의 성공 경험으로도 한껏 즐거워하는 나의 성격이 어쩌면 이 새로운 세상을 살아가는 데 큰 도움이 되었던 것 같다.

드디어 안으로 들어오긴 했는데 내가 있는 공간이 몇 년 동안 다니던 곳이 맞나 싶게 낯설게 느껴졌다. 카드를 찍어야 하는데 어디로 가야 할지 막막했다. 그때 개찰구에서 '삐빅' 소리가 들렸다. 곧장 소리가 난 곳으로 가서 카드를 찍으려는데 이번엔 단말기 위치를 찾는 것이 쉽지 않았다. 겨우 위치를 찾아 찍었더니 입구가 아닌 출구여서 들어갈 수 없다는 안내음이 나왔다. 다시 옆으로 가서 카드를 찍으며 개찰구 위치를 잘 기억해둬야겠구나 생각했다. 카드를 찍고 얼마 뒤 나는 다시 발걸음을 멈춰야 했다.

'오른쪽일까, 왼쪽일까.'

원래라면 머리 위의 표지판을 확인하면 됐지만 이제 나에겐 새로운 방법이 필요했다. 앞으로는 어딜 가든 모든 위치를 꼼꼼히 기억해둬야겠다고 다짐했다.

도움을 청하는 건 처음이 어렵지, 두 번째는 훨씬 수월하게 시도해볼 수 있었다. 나는 사람 소리가 나는 곳을 향해 말을 걸었다. 방향이 틀렸던 걸까, 처음 말을 건 곳에선 답변이 오지 않아 다시 다른 소리가 나는 곳에 말을 걸었고 이내 왼쪽으로 가야 한다는 답을 들었다.

다행히 요즘은 계단 손잡이 뒤쪽에 점자로 어느 방면 열차인지가 적혀 있어서 도움을 청하지 않고도 방향을 알 수 있다.

요즘 지하철 탑승구에서 내가 가장 안심되는 건 스크린도어가 있다는 사실이다. 이 당시만 해도 모든 역에 스크린도어가 있는 게 아니어서 스크린도어가 없는 역을 갈 때면 정신을 바짝 차리고 걸어야 했다. 지하철을 혼자 자유롭게 타고 다닌 지 몇 년쯤 됐을 때, 스크린도어에 있는 점자를 읽으려고 손을 뻗었다가 허공에 팔을 휘두르며 아찔한 경험을 한 적이 있다. 실제로 같은 역에서 시각장애인들의 추락 사고가 몇 번 발생한 것으로 알고 있다. 안타깝게도 여러 번의 사고가 일어나고 그게 공론화되고 나서야 그곳에 스크린도어가 설치됐다.

몸소 위험한 상황을 몇 번 겪고 안타까운 현실을 바라보면서, 이 세상을 살아가려면 나도 변화해야 하지만 세상 역시 같이 변해야 한다는 걸 여러 번 체감했다. 시각장애인이 되고 하루하루 그 전엔 몰랐던 것을 알아갈 때마다 새로이 느끼는 모든 것이 소중하게 다가왔다. 그동안은 필요가 없어서 인지하지 못했던 하나하나의 일들이 어떤 의미를 갖고 있는지 알게 되었고, 나는 점점 당장 내게 필요한 일이 아니더라도 먼저 인지하고 관심 가지는 사람이 되어가고 있었다.

처음 지하철을 탈 때만 해도 나는 점자를 익히지 못한 상태였다. 스크린도어에 점자가 있는지조차 알지 못했고 당연히 내가 서 있는 곳의 위치를 알 수 없었다. 점자를 배운 뒤로는 어렵지 않게 내 위치를 파악하고 원하는 칸에 탑승할 수 있게 되었다. 혼자 지하철을 타기 위해 여러 가지 체험을 해보면서, 그동안 내가 무심코 지나쳤던 거리 곳곳에 시각장애인을 위한 장치가 다양하게 마련되어 있었다는 걸 알게 됐다. 바닥에 깔린 점자 블록, 벽면에 새겨진 점자들 그리고 가끔씩 들려오는 안내 음성이 있기에 나는 여러 번의 연습 끝에 혼자서 능숙하게 지하철을 탈 수 있었다. 처음 가는 역이어서 환승하기 어렵거나 출구를 찾기 어려울 때면 안내 서비스를 요청할 수도 있었다.

알면 알수록 좋은 시스템도 많이 있었지만 그만큼 문제점도 같이 보이기 시작했다. 점자를 믿고 가다가 '믿는 도끼에 발등 찍힌다'는 속담의 의미를 나는 여러 번 체감해야 했다. 손잡이에 새겨진 점자가 전혀 다른 곳으로 나를 안내하는 경우도 있었고, 스크린도어 점자가 엉터리로 적혀 있어 반대 방향의 지하철을 타는 경우도 왕왕 있었다. 가장 난감할 때는 화장실에 점자가 반대로 적혀 있는 경우다. 근처에 사람이 있으면 확인이라도 할 텐데 아무도 없을 때는 남녀 화장실 사이에서 한참을 고민해야 한다. 50퍼센트의 확률로 천국을 경험할 수도 있지만 자칫하면 지옥을 경험할 수도 있으니까. 실제로 나는 그 지옥을 체험했었다. 남자화장실이라는 안내 문구를 확인하고 들어가 소변기를 찾고 있는데 주변에 여자 목소리가 들리는 게 아닌가. 보이진 않지만 강렬히 느껴지는 난감한 분위기. 역시 점자는 반대로 적혀 있었고 나는 들어가선 안 될 곳에 함부로 침입한 사람이 됐다. 다행히 시각장애인임이 증명돼서 오해를 풀 수 있었지만 다시는 경험하고 싶지 않은 순간이었다. 몇 번 출구인지 알려주는 음성 기능 역시 지원이 되는 역이 있고 안 되는 역이 있다. 이런 시스템의 구멍들이 예상치 못한 변수가 돼서 약속 시간에 늦을 때가 한두 번이 아니었다.

☼

시스템이 올바로 갖춰진 역에서는 혼자서 얼마든지 지하철과 화장실을 이용하고, 원하는 출구를 찾을 수가 있다. 환경이 제대로 갖춰져 있지 않은 곳에서는 주변 사람의 도움을 받으면 되지 않느냐고 할 수도 있지만, 혼자서 가능하다는 것이 전적으로 보장되어야 안심되는 마음이 있다는 이야기를 하고 싶다. 내가 혼자서 돌아다니는 것이 어떤 역은 가능하고 어떤 역은 불가능하다면 안심하고 집 밖을 걸어 나오기가 그만큼 어려워질지도 모른다.

버스도 마찬가지다. 지금도 버스는 나에게 가장 이용하기 어려운 대중교통이다. 음성 안내가 없는 정류장에서 언제 몇 번 버스가 올지 몰라 하염없이 기다려야 하는 상황이 많기 때문이다. 이 모든 일이 나 혼자만의 노력으로 개선될 수 있는 일은 아닐 것이다.

세상의 일원으로 살아가기 위해 나는 내가 할 수 있는 모든 노력을 다했다. 혼자서 지하철을 타고, 여러 번 헤매며 버스를 타고, 어딘가에 부딪히고 처음 보는 사람에게 도움을 청하기도 하며 독립적으로 성장하기 위해 노력했다. 내가 지금의 변화를 이뤘듯, 세상 역시 더 잘 살아가고 싶은 사람들을 위해 변해주길 바란다면 과한 기대일까. 서로가 서로를 지지해주는 존재가 되어 좀 더 나은 내일을 만들어가기를, 그 속에서 하루하루 새로운 희망을 꿈꾸고 웃으며 함께하는 날을 나는 기다린다.

너의 지름길과
나의 지뢰밭

걷는다는 건 사람에게 가장 자연스러운 일이다. 어딘가를 오가며 '어떻게 하면 잘 걸을 수 있을까' 고민하는 일은 거의 없다. 그런 생각 자체를 할 필요가 없기 때문이다. 나도 시력을 잃기 전에 이런 고민을 하게 될 줄 몰랐다.

시각장애인이 된 후로 '어떻게 하면 혼자 길을 잘 걸을 수 있을까'라는 고민을 처음 하게 됐고 지금까지도 그 고민은 계속 이어지고 있다. 처음 시력을 잃었을 땐 계단이나 턱을 지나는 것 하나하나가 너무 위험천만한 일이었다. 언제 계단이 나타날지, 턱이 어디에 있는지 보이질 않으니 혼자 걷다 중심을 잃으면 마치 자이로드롭을 타는 기분이었다. 어딘가를 혼자 다니는 게 너무나 당연해서 소중한

줄 몰랐는데 시각장애를 얻고 이동의 자유가 얼마나 소중한 건지 체감했다.

때때로 생각한다. 시각장애인으로 이 사회를 살아가기 위해 가장 기본이 되어야 하는 건 뭘까. 여기저기 부딪히고 턱이나 계단에서 넘어지는 시행착오를 겪으며 지나온 날들은 결코 헛된 시간이 아니었다. 나는 이 경험을 통해 희미하지만 약간 남아 있는 왼쪽 눈의 시력과 발바닥의 감각을 이용해 어느 정도 장애물을 파악하는 노하우를 터득했다. 또 복지관과 특수학교에서 다른 시각장애인들은 어떻게 다니는지 관찰하며 보행 실력을 키워갈 수 있었다.

누군가는 흰 지팡이를 이용해 바닥에 있는 점자 블록을 따라 걷고, 자신이 기억할 수 있는 랜드마크를 지정해놓고 그걸 지팡이로 인지하며 걷는다. 또 색의 대비를 구분할 수 있는 사람은 바닥의 노란 점자 블록을 랜드마크 삼아 걷기도 한다. 흰 지팡이와 점자 블록을 이용하는 법을 익히면서 '이제 나도 혼자 길을 잘 다닐 수 있겠구나' 하는 자신감을 얻는다. 눈이 보일 때는 안중에도 없던 노란색 블록들은 내가 길을 안전하게 갈 수 있도록 돕는 이정표 역할을 한다. 지팡이가 있을 때도, 없을 때도 나는 이 노란 점자 블록을 이용해 길을 찾는 방법을 터득해갔다. 점자 블록은 모양도 방향도 다르게 생겼기 때문에 그 기호와 방향만 잘 파악하면 혼자 길을 다니는 데 큰 도움이 된다. 초행길을 가거나 길을 잃었을 때도 점자 블록만 찾으면 안전히 갈 수 있겠다는 확신이 생겼다.

그러나 그조차 섣부른 확신이었을까. 혼자 돌아다니는 일이 많아질수록 보행 실력은 늘었지만 점자 블록에 대한 확신은 반대로 희미해졌다.

◇

평소와 같이 지하철역을 빠져나와 학교로 걸어가는 중이었다. 익숙해질 대로 익숙해진 길이었기 때문에 기계적으로 다리만 움직여 블록을 따라 걷고 있었다. 사고는 언제나 방심했을 때 찾아온다. 분명 점자 블록을 발바닥으로 느끼며 걷고 있었는데, 한순간 무언가에 어깨를 박고 어딘가에 발이 걸려 철퍼덕 넘어지고 말았다. 사람들로 북적대는 곳에서 넘어졌으니 얼마 동안은 아픔도 못 느낄 만큼

창피했다.

손을 더듬거려 내가 어디에 걸려 넘어진 건지 찾아보았다. 전동 킥보드였다. 내 머릿속 지도대로라면 여기는 분명 길 한복판인데 대체 왜 킥보드가 있는 걸까(나중에 같은 일을 몇 번이나 더 겪고 나서야 사람들이 킥보드를 일상적으로 아무 곳에나 세워두고 간다는 걸 알 수 있었다).

킥보드가 또 어디에 있을지 모르니 그때부터는 지팡이를 펼치고 학교로 향했다. 그러나 얼마 지나지 않아 또 똑같은 사고를 겪어야 했다. 지팡이로 땅바닥에 있을지 모르는 장애물에 대비하며 걸었지만 이번엔 배 쪽에서 충돌이 일어났다. 매일같이 걷던 길이 왜 갑자기 지뢰밭이 된 건지 어안이 벙벙했다. 내가 부딪힌 건 점자 블록 위에 세워진 공사판 팻말이었다. 킥보드에 부딪힌 지 얼마 안 되어서 발걸음이 상당히 조심스러워졌던 터라 그렇게 강한 강도로 부딪히지는 않았지만, 두 번의 사고로 점자 블록 위가 그리 안전하지 않다는 느낌을 받았다.

학교로 가는 발걸음은 점점 느려졌고 나는 수업에 늦었다. 나보다 늦게 지하철에서 내린 친구는 나와 같은 길을 갔음에도 지각을 하지 않았다. 장애물이 있어도 옆길로 쏜

살같이 뛰어 수업에 무사히 들어갔을 친구 모습을 떠올리니 블록 위의 장애물들에 몹시 화가 났다.

'늘 가던 길을 안전하게 다니고 싶을 뿐인데 왜 그조차 쉽지 않은 거지.'

길 위의 보도블록, 팻말이 보통 사람들에게는 지극히 사소하고 일상적인 풍경이겠지만 내게는 생명길에 놓인 지뢰와도 같이 받아들여졌다. 시각장애인들을 위한 점자 블록인데 왜 그 위의 장애물에 대한 신호는 없는 걸까.

이날 이후 나는 등교 시간을 더 앞당겼다. 통학 길에서만 이런 문제를 겪었던 것은 아니다. 점자 블록을 따라 걷다가 가판대의 돌출된 무언가에 머리를 부딪힌 적도 있고, 자전거와 오토바이, 자동차 등등이 블록을 가로막고 있었던 적도 한두 번이 아니다.

같은 일이 반복되다 보니 이런 말이 저절로 튀어나왔다.

'내가 가야 할 길은 어디일까.'

마치 방탈출 게임을 하듯 이리저리 헤매고 지뢰를 피해 가는 군인처럼 움직이고 있을 때, 사방에서는 유유히 지나가는 사람들의 발소리, 멀어져가는 말소리가 들린다. 현대인에게 편리한 뭔가가 개발될 때마다 시각장애인인 내게는 거리의 장애물이 더 늘어가는 기분이다. 물론 킥보드는 이동의 편의와 즐거움을 주는 물건이니 그것이 사용되는 데 불만은 없다. 하지만 적어도 일관된 주차 규제는 있어야 하지 않을까. 이런 것들이 비단 시각장애인들에게만 불편을 주는 건 아닐 거라 짐작된다. 이곳저곳 무질서하게 세워진 자동차, 오토바이 등도 마찬가지다. 서로 조금씩만 배려해주면 좋지 않을까.

사실 이런 부분은 앞으로 이야기할 것에 비하면 사소한 스트레스다. 점자 블록의 가치를 알았을 때의 기쁨은 '내게도 이동의 자유가 생겼구나' 하는 것이었다. 하지만 그 자유를 모든 곳에서 누릴 수 있는 것은 아니었다.

볼일이 있어 초행길을 걷게 된 날이었다. 지하철역을 나와 점자 블록을 따라 목적지를 향해 걷고 있는데 몇 발짝 지나지 않아 갑자기 블록이 끊겼다. 이대로 계속 가도 되는 걸까 고민하는 사이 갑작스레 나타난 볼라드에 무릎을 꽝 부딪혔고, 목적지를 정형외과로 변경해야 하나 싶게 아팠다. 원칙대로라면 볼라드가 있다는 걸 알 수 있도록 그 주변으로 점자 블록이 설치되어 있어야 한다. 어느 순간 끊겨버린 점자 블록은 계속해서 나타나지 않았고 그때부터 볼라드 지뢰밭이 펼쳐졌다. 무릎 높이부터 허리, 종아리, 발목 높이까지 아주 다양했다. 지팡이까지 꺼내서 장애물과 사투하고 있는 나를 본 누군가의 도움으로 나는 무사히 그곳을 빠져나올 수 있었다. 도움을 받은 것은 감사했지만, 운이 좋아 누군가의 도움을 받아야만 목적지에 갈 수 있다는 건 보행 연습을 피나게 해온 내게 적잖이 아쉬운 현실이다.

그 후 뉴스에서 황당한 소식을 하나 접했다. 점자 블록이 미관상 좋지 않고 다른 사람들이 걷는 데 방해가 된다는 민원이 접수되어 없애고 있다는 소식이었다. 누군가에게 자유와 안전이 달린 이동 수단이 '예쁘지 않다'는 이유로 철거된다는 건 아무리 생각해도 이해할 수 없었다.

이뿐만이 아니다. 나는 횡단보도를 건널 때 신호등에서 신호가 바뀌었는지 알 수 있도록 음향 수신 기능이 딸린 리모컨을 들고 다닌다. 신호등에 소리를 들을 수 있는

내가 이리저리 헤매고 지뢰를 피해 가는
군인처럼 움직이고 있을 때,
사방에서는 유유히 지나가는 사람들의 발소리,
멀어져가는 말소리가 들린다.

버튼이 달려 있지만 나는 버튼 찾기가 어렵기 때문에 리모컨으로 대신하는 것이다. 신호가 초록불로 바뀌었다는 소리가 나면 다른 사람들처럼 안전히 횡단보도를 건널 수 있다. 그런데 어느 날, 늘 건너는 횡단보도 신호등에서 소리가 나지 않았다. 주변에 사람의 기척도 들리지 않았고 신호가 바뀐 것 같다는 느낌만으로 건널 수 없어 한참을 서 있었다. 그러던 중 내 옆으로 누군가 다가오는 소리가 들렸다. 소리가 나는 쪽으로 다가가 희미한 사람의 형태를 확인한 뒤 그가 이동하는 때를 맞춰 횡단보도를 건넜고, 곧이어 나는 달리는 차선 사이에 갇히는 위험한 상황에 놓였다. 내가 따라간 사람은 무단횡단 중이었던 것이다.

빵빵 울리는 경적 소리를 들으며 지금 내가 어디쯤 와 있는 건지, 앞으로 가야 할지 뒤로 가야 할지 오도 가도 못하는 상황 속에서 정말 환장할 노릇이었다. 가까스로 차도에서 벗어난 후 나는 다시는 앞사람을 믿지 않겠노라 다짐했다. 구청에 전화를 걸어 신호등을 고쳐달라고 요청하자, 직원은 '신호등에서 나는 소리가 신경 쓰여서 꺼달라는 민원이 들어왔다'고 말했다. 누구는 죽을 뻔한 위기에 처했는데 시끄럽다는 이유로 꺼버렸다니, 헛웃음이 났다. 소

213

리가 너무 컸다면 볼륨을 적당히 조절하면 됐을 텐데. 바로 복구시켜줄 것을 강력히 요청하고 전화를 끊었다.

☼

길 위에서 겪게 되는 수많은 난감한 상황은 내 열정에 다시 불을 지폈다. 좌절하고 주저앉아 있기만 할 생각은 전혀 없었다. 오히려 '어떡하면 이런 문제를 사람들에게 알리고 함께 변화시킬 수 있을까' 생각할 계기가 되었다. 대학에서도 이런 부분에 대해 계속해서 목소리를 냈고, 그 결과 교내에 몇 년에 걸쳐 점자 블록이 깔렸다. 학교 주변 신호등에서도 안내 음성이 나오기 시작했다. 나의 이야기를 귀 기울여 들어주는 사람이 있었고, 그들도 함께 목소리를 내주었기에 가능한 변화였다. 이런 경험들을 통해 학교뿐 아니라 우리나라 전체에도 변화가 일어날 수 있을 거란 확신이 생겼다. 이 확신이 변치 않길 바라므로 나는 계속해서 사람들과 소통하기를 멈추지 않을 것이다.

서로의 상황을 이야기하고 배려한다면 누구 한 사람에

게만이 아닌 모두에게 편하고 좋은 사회가 만들어질 거라 믿는다. 앞으로 점점 더 나아질 길 위의 환경을 기대하고, 더 이상 개개인이 '어떻게 하면 혼자서 길을 안전하게 다닐 수 있을까'를 고민하지 않는 사회가 오길 꿈꾼다.

서로가 서로를
지지해주는 존재가 되어
좀 더 나은
내일을 만들어가길.

안내견은
그런 개 아닙니다

"한솔 씨는 왜 안내견이 없어요?"

요즘 내가 많이 듣는 질문 중 하나다. 여러 매체에서 안내견이 소개되면서 시각장애인 하면 대표적으로 떠오르는 것 중 하나가 안내견이 되었다. 실제로 한국에서 시각장애인과 활동하는 안내견은 채 백 마리가 되지 않는다. 25만 명의 시각장애인 중 중증 장애인만이 안내견 지원을 받을 수 있다. 물론 25만 명 모두가 지원받는 건 어렵겠지만, 그렇다고 해도 백 마리는 그리 많은 수 같지는 않다. 왜 더 많은 시각장애인이 안내견 지원을 받을 수 없을까, 여러 번 생각해보았는데, 아마 안내견의 역할에 대한 오해 때문이 아닐까 싶다. 우선 나부터도 안내견에 대해 잘 알지 못했다.

대개 안내견의 역할은 단순히 시각장애인에게 길을 알려주는 것 정도로만 생각한다. 그러나 그 역할이 전부가 아니란 걸 최근 2년간 친구 우렁이의 안내견, 하얀이와 함께하며 알게 됐다. 하얀이와 함께 이곳저곳을 다니면서 세상엔 안내견에 대한 잘못된 정보와 오해가 정말 많다는 것도 알게 됐다.

☼

언젠가 우렁이를 포함해 여럿이서 뮤지컬을 보러 가기로 했다. 모임 며칠 전, 뮤지컬을 예매하는 것부터 약간의 어려움이 있었다.

안내견이 좌석 근처에 앉을 수 있는지 확인하고자 우리는 고객센터에 전화를 걸었다.

"안내견과 뮤지컬을 보러 가려고 하는데 좌석 아래 공간이 여유가 좀 있을까요?"

직원의 대답은 간단하고도 명료했다.

"죄송하지만 개는 출입이 어렵습니다."

일반적으로 시각장애인의 눈과 다름없는 안내견은 정당한 사유 없이 입장을 거부할 수가 없는데, 이러한 사실을 알지 못하는 곳이 너무나 많다.

이런 사실을 전하자 직원은 확인해보겠다고 하고 전화를 끊은 뒤 다시 연락해 안내견과 함께 출입이 가능하다고 말했다.

어떤 곳은 자연스럽게 안내견을 반겨주지만 어떤 곳은 그렇지가 않아서 우리는 어딜 가든 거부당할 마음의 준비를 해야 했다. 불편하고 아쉽긴 해도 이런 정보를 우리가 널리 알리면 될 거라 생각하고 우리의 시간을 즐기려 한다.

뮤지컬을 보기 전, 함께 저녁을 먹으러 식당에 들어갔다. 이제 막 오픈해서 우리가 첫 손님이었다. 뭘 먹을지 이야기하며 자리를 잡으려는 찰나, 직원이 달려왔다.

"죄송하지만 개는 출입이 안 됩니다."

언제나 거부당할 마음의 준비를 하고 있던 우리에게 이런 반응은 익숙했다. 우리는 곧장 웃으며 안내견은 그냥 개가 아니며 시각장애인과 어디든 함께 갈 수 있다고 설명했다. 직원은 사장님에게 물어보겠다고 하고 떠났다.

보통 안내견에 대해 설명을 하면 미처 몰랐다며 들어오라고 하거나, 너무 미안한데 알레르기가 있어서 어쩔 수 없다며 정중히 양해를 구하는 식으로 반응한다. 그런데 이곳의 사장님은 달랐다. 직원에게 이야기를 전해 듣고 온 그는 '안내견이 어디든 갈 수 있다는 건 나도 익히 들어 알고 있지만 손님들이 개를 싫어하니 나가달라'고 했다.

모처럼 함께 뮤지컬을 보는 날이었고, 우리의 즐거움을 깨고 싶지 않았다.

나는 사장님에게 다시 말했다.

"아직 손님이 없으니 빨리 식사를 마치고 나가면 안 될까요?"

식당 주인에게 안내견 출입을 거부당할 때 오히려 다른 손님이 나서서 입장시켜도 된다고 거들 때도 많았다. 손님이 싫어해서 안 된다는 그의 설명은 납득하기 어려웠다. 피치 못하게 알레르기가 있거나 개를 무서워하는 손님이 있다면 그때 상황을 해결하면 그만이다. 왜 있지도 않은 손님의 불만을 이유로 들며 나가달라고 하는 걸까. 어느새 우리의 웃음기도 점점 사라졌다.

그냥 이대로 나가면 조용히 상황이 종료되겠지만, 아무

"죄송하지만 개는 출입이 안 됩니다."
안내견과 함께하면 늘
거부당할 마음의 준비를 해야 한다.

런 문제 제기도 하지 않는다면 이 가게는 언제까지고 장애인 보조견들을 지금과 같이 대우할 것 같았다. 우리는 당장의 즐거움보다 변화를 원했다. 안내견을 바깥에 묶고 들어오라는 사장님의 말은 부당한 요구이며 왜 안내견이 시각장애인과 언제 어디든 갈 수 있는지를 다시 한 번 설명한 뒤에야 식당을 나왔다.

이 외에도 하얀이와 함께하면서 친구가 겪은 이야기를 들어보면 안내견을 둘러싼 오해가 얼마나 많은지 알 수 있었다.

안내견과 함께 다닐 때 들려오는 말은 정말 다양하다.

"우와, 안내견이다. 신기해."

"너무 귀여워."

"진짜 얌전하다."

이런 반응은 나 역시 처음 안내견을 보고 했던 생각들이고, 많은 사람이 이 귀엽고 사랑스러운 녀석을 알게 되었으면 한다. 이런 긍정적인 반응들만 해주면 좋겠지만 그렇지 않은 상황도 적지 않다.

시각장애인은 눈이 보이지 않을 뿐 청각은 멀쩡한데 왜

코앞에서 저런 불편한 말을 할까 싶은 순간이 있다.

"어머, 안내견이네. 쟤 불쌍해서 어떡해. 평생 저렇게 봉사만 하다가 스트레스 받아서 일찍 죽는다잖아."

안타깝게도 이런 말은 하얀이와 함께 걷다 보면 심심찮게 들려온다.

'안내견은 불쌍하다', '안내견은 스트레스를 많이 받는다', '안내견은 일찍 죽는다'와 같은 말들은 어디에서 온 정보일까? 우리는 답답한 마음에 그 정보의 출처를 찾아보며 화를 내기도 했다.

종종 미디어에 비친 안내견과 시각장애인의 이야기를 볼 수 있다. 거기서 안내견은 무조건적인 헌신을 하는 존재, 힘들게 살다가 죽게 되는 존재로 비친다. 이상하게 장애인이 등장하면 대부분 억지 감동을 자아내는 이야기가 전개되고, 그 속에서 안내견은 불쌍하고 안쓰러운 존재로 그려진다. 시각장애인과 안내견의 보편적인 이야기를 있는 그대로 보여준다면 불쌍하고 안쓰러운 이미지가 아닌, 귀엽고 멋진 친구로 인식될 것이다. 다행스럽게도 최근 들어서는 미디어 속에서 안내견의 자연스러운 모습이 그나마 자주 노출되는 것 같다.

다양한 안내견을 만나보고 안내견 학교에 가서 직접 체험해본 바, 안내견들은 불쌍하게 지내지도 않고 다른 개들보다 스트레스가 심하지도 않았다. 반려견들이 스트레스를 받는 큰 이유 중 하나는 오랜 시간 집에 혼자 있고 산책을 나가지 못하는 경우로 알고 있다. 그에 반면 안내견은 어릴 적부터 퍼피 워킹을 통해 사회화 훈련을 받고, 시각장애인을 만나고부터는 어디든 함께 이동하기에 누구보다 주인과 오랜 시간을 보내게 된다. 안내견은 시각장애인을 안내하는 것을 함께 산책하는 것으로 여기기에 누구보다 그 시간을 즐긴다. 학교에서의 주기적인 건강관리와 규칙적인 산책, 긴 시간 함께하며 쌓아가는 행복한 교감은 시각장애인뿐 아니라 안내견에게도 긍정적인 영향을 끼친다. 실제로 안내견이 다른 반려견들보다 수명이 1~2년 더 길다는 연구 결과도 있다.

우리는 일주일에 최소 두 번씩은 넓은 들에서 하얀이와 자유롭게 뛰어노는 시간을 보낸다. 다른 반려견들도 이렇게 자유롭게 뛰어놀 수 있는 공간이 더 많아지면 좋겠다는 바람도 든다.

안내견에 대한 오해, 잘 모르는 부분이 있을 수는 있겠지만, 정확하지 않은 부정적인 이야기를 함부로 말하지 않았으면 한다.

"너무 귀여워요. 한번 만져봐도 돼요?"
"사진 한 번만 찍어도 돼요?"
안내견과 함께 다닐 때 많이 듣게 되는 질문이다. 이런 요청들은 웬만하면 정중히 거절한다. 시각장애인을 안내하는 중에 누군가 갑자기 끼어들거나 손을 뻗으면 안내견은 집중력이 흐트러지고, 그로 인해 서로의 호흡이 깨지면서 위험한 상황이 발생할 수 있기 때문이다.

그나마 먼저 물어봐주면 상황을 설명하고 위험한 상황을 막을 수 있을 텐데 그렇지 않은 경우도 많다. 지나가다가 다짜고짜 귀엽다며 안내견을 만지는 사람, 몰래 사진과 동영상을 찍거나 먹을 것을 주는 사람 등. 그럴 때 주의를 주면 유별나다는 이야기를 듣기도 한다. 이건 안내견이 아니라 일반 반려견이더라도 당연히 지켜야 할 에티켓일 텐데 말이다.

☼

시각장애인과 안내견은 함께 지내기 전 안내견 학교에서 2주간 함께 훈련을 받는다. 그리고 시각장애인이 주로 활동하는 곳은 본인이 어느 정도 길을 익히고 있어야 하며, 그곳을 안내견과 함께 '왼쪽', '오른쪽', '똑바로' 등과 같은 지시어에 맞춰 걷는 연습을 한다. 걷는 도중 장애물이 있으면 안내견이 앞서 다른 곳으로 피해 가게 하면서 안전히 목적지에 도착하는 것이다.

처음엔 나도 안내견에 대한 정보가 없어서 안내견 지원을 받을 생각조차 해본 적이 없었다. 그런데 우령이가 하얀이와 지내는 것을 옆에서 지켜보며 좋은 점을 많이 알게 됐다. 가장 부러웠던 건 단순히 길을 안내하는 것 이상의 역할을 안내견이 해준다는 것이다.

때론 듬직하고 때론 귀여운 하얀이, 그런 하얀이의 삶을 책임지고 함께 성장해나가는 우령이는 이미 가족과도 같은 사이가 되었다. 이들의 특별한 유대감을 지켜볼 때마다 '함께 책임져가는 삶'을 살아보고 싶다는 꿈을 꾸고는 한다.

이런 나의 변화 역시 여러 질문에서 시작됐다. 모든 편견과 오해의 끝은 진심 어린 관심과 진지한 질문에서 시작될 것이다. 많은 사람과 함께 더 분명한 답과 해결책을 찾아가기를 희망하며, 나는 질문을 멈추지 않고 나의 이야기를 계속해나갈 것이다.

모두가 평범하고
딱 그만큼 특별해

　어느덧 시각장애인이 된 지 13년 차를 향해간다. 처음 시력을 잃었을 때만 해도 혼자 할 수 있는 일이 뭐가 있을지 걱정하던 내가 지금은 혼자 자취를 하며 살아가고 있다. 처음 만난 사람과 대화하며 혼자 산다고 말하면 대부분 깜짝 놀라거나 신기해한다.

　"안 보이는데 혼자서 어떻게 살아요?"

　앞이 안 보이는 사람이 혼자 일상을 꾸린다는 게 잘 상상되지 않아서일 것이다. '당연히 도움받을 가족과 함께 사는 줄 알았다'고 말하는 사람도 있다. 시각장애인이 혼자 사는 것 자체가 불가능하다는 생각은 시력을 잃었을 때 처음 내가 했던 고민과도 크게 다르지 않다. 직접 그 삶을 살아보지 않았으니 가능할지, 불가능할지 나 역시 몰랐다.

많은 경험을 거친 뒤 지금은 알고 있다. 장애로 인해 불편한 상황들은 많지만 그것이 '불가능'을 뜻하는 건 아니라는 것을. 변화란 지금까지 인지하지 못했던 것을 함께 인지하는 순간부터 시작된다고 생각한다. 방법을 찾아나간다면 불가능했던 것이 불편한 것으로, 불편했던 것이 자연스러운 것으로 변화할 수도 있다. 나의 일상도 이와 크게 다를 것이 없다.

☼

시각장애인이 되고 얼마 지나지 않았을 때의 일이다. 혼자 집에 있는데 너무 배가 고팠고 라면이 먹고 싶었다. 오랫동안 살아온 집이기에 나는 가스레인지와 냄비와 라면이 있는 위치를 전부 알고 있었다. 하지만 눈감고 라면을 끓여본 적 없는 나에게 라면 끓이기는 불가능한 미션처럼 느껴졌다.

배고픔과 걱정 사이에서 머릿속이 복잡했다.

'배고픈데 그래도 한번 시도해볼까?'

'그러다 다치면? 불이라도 나면?'

일어나지도 않은 상황들을 떠올리며 두려움에 휩싸였다. 그러나 내가 두려워하는 일은 상상에 불과했다.

지금 나에게 라면 끓이는 일쯤은 식은 죽 먹기여서 일주일에도 몇 번씩 끓여 먹는다. 시력이 회복돼서가 아니라 나만의 방법을 찾았기 때문이다. 라면을 끓이는 과정은 대부분 비슷할 것이다. 가스레인지에 물을 올리고 끓으면 라면과 스프를 넣는다. 어느 날 나는 라면은 눈으로 끓이는 게 아님을 깨달았다. 냄비야 손으로 더듬으며 올리면 되고 물이 끓는 건 소리로 듣고 알 수 있다. 올라오는 김의 열감으로 냄비 위치를 확인하고 스프와 계란을 넣으면 된다. 처음 시도할 땐 조금 무섭기도 했지만 횟수가 늘어갈수록 점점 더 맛있게 끓이는 방법을 익힐 수 있었다.

장황하게 순서를 늘어놔서 그렇지 이 과정은 생각보다 더 간단했고 전혀 위험하거나 불편하지 않았다. 물론 같은 시각장애인도 누구는 잘 끓이고 누구는 못 끓일 수 있지만 그건 비장애인도 마찬가지일 것이다.

이 밖에 다른 일상 속에서도 어려움이 있으면 그때마다

나만의 방법을 터득해왔다. 세탁기를 사용하는 것도 처음엔 쉽지 않았다. 우리 집 세탁기는 터치 방식이고 음성 지원 기능이 없기 때문에 원하는 모드로 작동시키는 것이 어려웠다. 새로운 방식을 익혀야 했다. 처음엔 누군가의 설명을 듣고 버튼의 위치를 외웠다. 하지만 세탁기의 모든 버튼을 외우는 게 생각보다 간단치 않았다. 어떡하면 지금보다 더 편하게 세탁기를 사용할 수 있을까, 고민하던 중에 점자 스티커가 떠올랐다. 곧장 나만의 '점자 세탁기' 만들기가 시작됐다. 직접 점자로 각 버튼의 글자를 적고 터치 버튼 아래마다 스티커를 붙였다. 이렇게 나는 그때그때 내 상황에 맞는 방법을 찾아 일상을 이어간다.

집에서 쉴 때는 주로 유튜브를 보거나 넷플릭스로 드라마나 영화를 즐겨 본다. 내가 이런 이야기를 하면 사람들은 의아해하며 이렇게 묻기도 한다.

"안 보이는데 어떻게 드라마나 영화를 봐요?"

유튜브나 TV 예능을 볼 땐 주로 말을 많이 하는 프로그램을 본다. 음악만 나오면서 화면이 바뀌어가는 영상은 나한텐 그냥 음악 감상용밖에 되지 않기 때문이다. 말이 많으면 굳이 영상을 보지 않아도 충분히 그 프로그램을 즐길 수 있다. 마치 라디오를 듣는 것과 같다.

드라마나 영화를 볼 때는 '화면 해설'이라는 기능을 이용한다. 드라마나 영화는 예능과 달리 스토리 중심으로 흘러가기 때문에 소리를 듣는 것만으로는 이해하기 불충분할 때가 있는데, 그럴 때 화면 해설 기능이 도움이 된다. 배우의 동작만 있고 아무 대사가 없을 때 내레이션으로 상황을 전해주는 기능이다. 이 기능은 다른 사람과 다를 것 없이, 아니 오히려 남들보다 더 자세히 프로그램을 감상하게 해준다. 다만 아쉽게도 모든 영상에 이 기능이 지원되는 건 아니다. 더 많은 콘텐츠에 이런 기능이 적용되면 좋겠다.

☼

내 일상의 또 한 가지 중요한 부분은 친구들과 보내는 시간이다. 나는 친구들과 만나 맛있는 것을 먹고, 카페에서 끊이지 않는 수다를 떨고, 노래방을 가고 영화를 보러 가곤 한다. 비장애인 친구를 만날 땐 친구의 안내를 받으며 이곳저곳을 돌아다닌다. 친구가 나보다 살짝 앞서서 팔꿈치를 내어주면 나는 그걸 잡고 친구가 움직이는 방향을 알아채고 같이 걷는다. 앞에 장애물이 있어도 피해 가는 친구의 움직임을 따라 안전히 이곳저곳을 이동한다. 팔꿈치를 이용한 안내보행법은 우리의 관계를 더욱 끈끈하게 만들어준다. 처음에 팔꿈치를 이용해 안내해주는 것을 어색해했던 나의 친구는 이제 시각장애인이 아닌 사람에게도 습관적으로 팔꿈치를 잡으라고 권하곤 한다.

같은 시각장애인 친구를 만나도 크게 다른 것은 없다. 주로 서로 익숙한 동네에서 만나니 눈감고도 어디에 뭐가 있는지 알고 찾아다닐 수 있다. 가끔은 너무 여유만만하게 수다 삼매경에 빠져 걷다가 목적지인 카페를 지나치는 경우도 있다. 느낌상 도착할 때가 됐다는 감이 올 때쯤 어디선가 누군가의 목소리가 들려온다. 단골손님의 얼굴을 한눈에 알아보신 카페 사장님의 부름에 우리는 무사히 목적지에 도착한다. 이런 상황조차 우리에겐 그저 재밌는 수다거리가 된다.

이런 우리의 평범한 일상에 브레이크가 걸리는 변화가 하나 있다. 키오스크와 무인 점포가 늘어간다는 것. 시각장애인을 위한 시스템이 결여된 기기가 늘어감에 따라 우리는 식당에 가서도 주문을 할 수 없는 경우가 종종 생긴다. 특별한 것을 좋아하는 나이지만 이런 특별함은 그다지 달갑지 않다. 음성 지원이 되는 기기를 도입한다든지, 누구든 편하게 서비스를 이용할 방법을 함께 고민하는 사회가 된다면 우리도 계속해서 평범한 일상을 이어나갈 수 있지 않을까.

시각장애인으로 살아온 날들을 돌아보면 힘든 순간보다 즐겁고 재미있는 순간이 더 많았다. 특별한 어려움으로 다가왔던 일도 나만의 방법을 찾고 나면 더 이상 고생으로 느껴지지 않았고 그저 나만의 평범한 일상이 되었다.

누구나 살아가는 방식이 다르다. 나 역시 마찬가지라고 생각한다. 하나하나 자기에게 맞는 방법을 찾아가고, 거기에서 오는 성취감을 소중히 여기면 그만이다. 이런 나의 평범한 하루하루를 돌아보며 글을 쓰고 있는 지금 이 순간 역시, 나는 감사로 가득한 특별한 하루를 보내고 있다.

앞이 보이지 않는다고
절망하는 이들에게

살면서 예상할 수 있는 일이 얼마나 될까. 또 예상하지 못한 일들은 얼마나 찾아올까.

돌아보면 나의 삶은 예상치 못한 일투성이였다. 행복한 가정 속에서 웃음 가득한 삶을 살고 싶었지만 그건 내 의지 밖의 일이었다. 빨리 스무 살이 돼서 대학에 가고 하고 싶은 일을 맘껏 하리라 꿈꿨지만 실제의 스무 살은 크게 달랐다. 시각장애인으로 살아가는 일은 내가 생각한 미래에 존재하지 않았다. 여러 명의 어머니, 아버지의 죽음, 갑자기 찾아온 시각장애, 스무 살에 다시 입학한 특수학교……. 이 모든 일을 이야기하면 아마 많은 이가 '참 힘들었겠다' 말할지 모른다. 나 역시 '왜 나에게만 이런 일이 일어날까' 생각하며 괴로워한 적도 있었다. 그러나 예상치 못한 일 뒤에는 또 다른 예상치 못한 일이 따라온다. 그것은 소리 없이 찾아와 나를 변화시킨다.

큰엄마, 큰아빠와의 만남은 내게 가장 커다란 행운의 시작이었다. 가족에 대해 부정적인 생각을 갖고 있던 나는 그분들과 함께하며 인연의 소중함을 아는 사람이 되었다. 머리로만 알고 지나쳤던 소중함을 깊이 깨닫게 된 이 시간이 행운이 아니면 무엇일까.

돌아보건대 어릴 적 함께했던 가족과의 경험 역시 그저 헛되기만 한 일은 아니었다. 갑작스럽게 찾아온 시각장애가 내게 큰 파도였다면, 어린 시절의 나에겐 여러 차례의 작은 파도가 있었다. 그때 나는 이미 파도를 경험했고, 그 파도를 타는 방법을 어느 정도 알고 있었다. 파도 너머 어떤 예상치 못한 일이 나를 기다리고 있을 거란 것도 경험을 통해 알게 되었다. 두려움을 안고 파도를 넘어서고 나면 뜻밖의 따뜻한 햇살이 나를 맞이했다. 힘들다고만 여겼던 경험 덕분에 내게는 파도를 넘을 수 있는 힘이 생겼고, 이제는 그걸 즐길 수 있는 사람이 되었다.

시각장애는 내게 끝이 아닌, 새로운 삶의 시작이었다.

☼

스무 살에 들어간 특수학교는 외로운 무인도가 아닌 기쁨으로 충만한 보물섬이었다. 그곳에서 많은 선생님과 친구를 만나고, 장애를 갖고도 삶을 얼마나 즐겁게 살 수 있는지 몸소 경험할 수 있었다. 시각장애인인 내가 한 달간 영국으로 어학연수를 가고 혼자서 홈스테이까지 거뜬히 해내게 될 거란 걸 처음 시력을 잃었을 때 상상이나 할 수 있었을까.

복지카드를 손에 쥐었을 때 나는 잠깐이지만 '이젠 끝이야'라고 생각했다. 그건 시각장애인으로서 앞으로 내 인생을 어떻게 살아나가야 할지 방법을 몰랐기에 온 절망이었다. 미래에 대한 불안감만 가득했던 그때는 더 이상 나아갈 길이 없어 보였다. 끝이라고 생각했던 나의 길은 끝이 아니었다. 오히려 나의 길은 시력을 잃기 전보다 훨씬 다양해졌다.

물론 나 역시 내가 가고 싶은 길을 찾기 위해 부단히 노력했다. 못할 것 같다는 생각이 들면 더 해보려고 했다. 그 길이 내 길이 아닐 수도 있지만 맞을 수도 있지 않을까 한 번 더 생각했다. 혹여 그게 가시밭길일지언정, 내가 선택한 그 길을 후회하지 않을 거란 확신이 내겐 있었다. 늘 평탄한 길만 있는 것도 아니었고, 모든 길이 나를 즐겁게 한 것도 아니었다. 그러나 결과적으로 그 어떤 선택도 내게 도움이 안 되었던 적은 없었다. 끝이라고 생각되는 길도 결국 끝이 아닌 새로운 출발지가 될 거란 걸 알기에, 마음 놓고 내게 오는 파도를 즐길 수 있었다.

모두가 취업 준비로 바쁜 시기, 나 역시 미래에 대한 고민이 많았다. 다른 시각장애인 친구들처럼 공무원 준비를 해야 할지 고민하던 끝에 또 한 번의 모험, 유튜브를 택했다. 언제나처럼 더 끌리는 일을 하고 싶었다. 갈등이 없지는 않았다. 다들 취업을 준비하는데 나 혼자 이래도 되는 걸까, 불안감이 들기도 했다. 그렇지만 마음속 가고 싶은 길은 너무나 분명했고, 그 순간 내게 필요한 것은 불안감 너머 하고 싶은 것을 해야겠다는 의지와 용기였다. 하고 싶은 것을 포기하고 해야 하는 일만을 하게 된다면 분명 후회하게 될 것 같았다.

고민의 순간이 올 때마다 나는 복잡한 생각의 회로를
단순하게 만든다.

지금 이걸 하고 싶은가?
하지 않으면 후회할까?

결정을 내리고 나면 두려움과 후회는 제치고 앞으로 일
어날 뜻밖의 일들에 대한 기대감을 키워나간다. 같은 상황
을 마주하더라도 두려움으로 맞이하는 것과 기대감으로
맞이하는 것은 크게 다른 결과를 가져온다 믿기 때문이다.
무작정 하고 싶은 것을 하는 게 맞는 거냐 묻는다면 그
렇지는 않다고 할 것이다. 그렇다고 모두가 가고 있는 그
길을 가야 하느냐고 한다면 그 역시 그렇지 않다고 하겠다.
자신이 원하는 것을 선택하는 삶을 살고, 그 속에서 후회를
덜 할 수 있다면 충분하지 않을까. 원하는 상황으로 흘러가
지 않아 답답하고 막막할 때라면 절망보다는 희망에 대해
생각하고, 끝보다는 시작에 대해 생각해보면 좋겠다. 원하
는 상황을 기다리는 기대감과 더불어 예상치 못한 일 속에

서 생겨날 새로운 일들에 대한 기대감을 갖는다면, 우리의 삶은 기대보다 더 큰 즐거움을 가져다주리라 믿는다.

나도 여전히 어렵지만 매일매일 생각하고 기대한다. 내일은 어떤 일들이 나를 기다리고 있을까? 안 좋은 일이 생긴다면 그걸로 나는 무얼 배우고 또 어떤 새로운 도전을 하게 될까?

우리의 삶은 예상할 수 없기에 더 즐겁고, 현재의 소중함을 더 깊이 알게 된다. 이미 우리가 쌓아온 하루하루가 너무도 소중하고, 지나온 경험 중 그 무엇도 헛된 것은 없다.

두려움을 안고
파도를 넘어서고 나면
뜻밖의 따뜻한 햇살이
나를 맞이했다.

이 모두가 당연하지 않은
축복이었다.

슬픔은 원샷, 매일이 맑음

초판 1쇄 발행 2022년 9월 14일 **초판 5쇄 발행** 2024년 9월 17일

지은이 김한솔
펴낸이 최순영

출판1 본부장 한수미
라이프 팀장 곽지희
편집 곽지희
디자인 김태수

펴낸곳 ㈜위즈덤하우스 **출판등록** 2000년 5월 23일 제13-1071호
주소 서울특별시 마포구 양화로 19 합정오피스빌딩 17층
전화 02) 2179-5600 **홈페이지** www.wisdomhouse.co.kr

ⓒ 김한솔, 2022

ISBN 979-11-6812-272-7 03810